戦
夾竹桃
イラスト 平沢下戸

国　小　町　苦　労

国　小　町　苦　労

譚

戦国小町《せんごくこまち》苦労譚《くろうたん》

十七、西国進出とこぼれ話

夾竹桃

イラスト
平沢下戸

登場人物紹介

綾小路静子（あやのこうじしずこ）

戦国時代へタイムスリップしてしまった元農業高校生（現在20代後半）。信長に振り回されながらも成果を残し、信長にとって唯一無二の存在に。農作業が癒しだが、偉くなりすぎて土を触れないのが悩み。

織田上総介平朝臣信長（おだかずさのすけたいらのあそんのぶなが）

尾張国の戦国大名。本作では40代半ば。美濃と伊勢を平定後、信長包囲網に苦戦するも、三方ヶ原の戦いで武田軍に勝利して以降、その勢いは増すばかり。

濃姫

信長の正室。斎藤秀龍（道三）の娘。好奇心旺盛かつ聡明で、信長もタジタジ。

織田信忠（おだのぶただ）

織田信長の嫡男。幼名は奇妙丸。静子の革新的かつ合理的な考えを吸収し、信長の後継者として成長。

森可成（もりよしなり）

信長が最も厚く信頼する武将。「攻めの三左」という異名をもつ槍の名手だが、宇佐山城で負傷する。

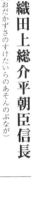

家臣団

前田慶次利益

前田利久の養子。紆余曲折あり、静子の馬廻衆として信長が派遣した。

可児才蔵吉長

慶次同様、いろいろあって派遣された。

森長可（勝蔵）

森可成の次男。荒くれ者として手に負えず、静子のもとへ派遣される。

彩（あや）

静子に仕える小間使いの少女。10代後半。とても冷静な物腰で静子の世話を焼く。

おっさんず

五郎

京生まれの見習い料理人だったが、紆余曲折経て濃姫の専属料理人として雇われる。

みつお

タイムスリップ後、足満と行動をともにしていた元畜産系会社員。

足満

タイムスリップする前に、静子宅で暮らしていたこともある。過去の記憶はほとんどない。実はやんごとなきお方。

静子の養子

四六（しろく）

虐げられて育てられた信長の双子の兄。静子の元へ養子に出される。

器（うつわ）

四六の双子の妹。14歳くらい。

伊達藤次郎政宗

伊達家から差し出された人質。思ったことはすぐに口に出してしまう素直な性格で、行く先々で問題を起こしがち？

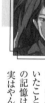

あらすじ

歴史オタクな農業ＪＫ・綾小路静子は、ある日戦国時代へタイムスリップしてしまう。憧れの武将・織田信長を相手に緊張しつつも、自分が〈役に立つ人物〉であることをアピールした結果、静子は鄙びた村の村長に任命される。現代知識と農業知識を活用させ、静子村は数年で超発展を遂げる。能力を買われた結果、異色の馬廻衆（慶次、才蔵、長可）を率いつつ戸籍を作ったり、武器の生産に着手したりしているうちに織田家の重鎮に登り詰めてしまった静子。織田包囲網が激化してからは静子軍を結成しゲリラ戦を展開させたり、新兵器で敵を翻弄させる一方で、グルメ研究や動物の飼育、女衆の世話に追われていた。

迎えた三方ヶ原の戦いで、歴史は塗り変わる。

静子の知略に完敗を喫し人生を終わらせた武田信玄と、危機をうまく回避した上杉謙信……以降、圧倒的有利な状況で東国征伐の準備が進んでいく。

まずは甲州を征伐し、石山本願寺と和睦を成立させると、大坂再興に着手。その後、伊達家から静子邸へ人質、伊達政宗（藤次郎）が差し出される。

西国攻めを担っていた秀吉が鳥取城を攻め落とす一方、関東では信忠を総大将とし、小田原城攻めが本格化。佐竹と里見が織田に下り、北条氏は圧倒的窮地に追い込まれる。周囲の城が次々と落とされ、ついに小田原城に、静子の用意した大砲とナパーム弾が降り注ぐ。

猛攻撃に屈した北条氏はついに降伏を選択し、氏政と氏照は切腹、氏直は蟄居に至る。

織田家の勢力外として、残るは北海道と九州のみという情勢の流れで、信長は従一位右大臣及び右近衛大将という地位に、また静子は東国管領に任命され、関東開発の全権を任される。いよいよ西国平定に拍車をかけることに。

そして「御馬揃え」が開催されることが決定し、静子は準備に奮闘するのであった……

戦国小町苦労譚　十七

西国進出とこぼれ話・目次

天正五年　東国統一

千五百七十八年　十一月上旬　一

信長《のぶなが》の策略が功を奏し、御馬揃えは十一月上旬に実施することが確定した。

織田《おだ》家に叛意《はんい》を抱く公家の心理を上手く誘導し、彼らの無茶な要望を叶える形で日程に融通を利かせたため、仮に失敗したとしても公家達の過失と強弁できる。

とは言え、信長をはじめ裏方を引き受ける静子《しずこ》とてみすみす失敗してやる気などさらさらない。

それでも土壇場になってからの妨害を未然に防げるだけで意味がある。下手に横やりを入れようものなら公家の責任となることを噂という形で周知させたため、御馬揃えに対する妨害は自傷行為となるのだ。

こうして自縄自縛《じじょうじばく》に陥《おちい》ったことで沈黙を守る公家達に気をよくした信長は、上機嫌で御馬揃えの日を待つことになった。

「結局、私の順番は公家衆の前になったんだ」

御馬揃えとは現代に於ける軍事パレードであり、その位置取りには政治的な思惑が絡んでいる。以下にその陣容を記す。

先頭には史実に於いて信長から「長秀《ながひで》は友であり、兄弟である」とまで評された丹羽《にわ》長秀が務め、織田家の中でも勢いのある家臣達が続く。

この中には比較的新参者である明智光秀《あけちみつひで》もおり、織田家家中に於ける光秀の重要性が窺《うかが》い知れた。

これに続くのが信長の兄弟や、彼の子息たちで構成される連枝衆《れんししゅう》であり、その先頭は後継者である信忠《のぶただ》が務める。

長男である信忠に続くのは、何かと不祥事を起こして問題視されている次男の信雄《のぶかつ》、めきめきと頭角を現しつつある三男の信孝《のぶたか》、これに続く形で信長の弟に当たる信包《のぶかね》が配され世代交代を強調する意図が見えた。

次に配されるのが織田家の懐刀であり、武家と公家を繫《つな》ぐ者となった静子である。連枝衆よりも後方に配されることに対してひと悶着あったのだが、そこは信長による鶴の一声で封殺されている。

東国管領《とうごくかんれい》という高い役職を持つ静子に続くのが、武家と対を為す公家衆であった。

公家衆の先頭を務めるのは静子の義父に当たる近衛前久《このえさきひさ》である。准三后《じゆさんごう》（皇族以外で皇族と同等とする身分）を認められており、関白の座に就いていることからもこの位置なのだ。

公家衆内での並びは概ね官位順であり、この順番によって朝廷での権勢がわかる。

公家に続くのが信長お気に入りの騎馬兵こと、赤母衣衆《ほろ》と黒母衣衆に小姓たちが続いた。

これらに続くのが越前衆と呼ばれる集団であり、柴田勝家《しばたかついえ》を筆頭とした越前攻略を務めた武将たちが並ぶ。

越前衆と部隊を同じくするのが越後衆であり、織田家に臣従する形で同盟を結んだ上杉謙信《うえすぎけんしん》率いる武将が肩を並べた。

更に続くのは色物集団であり、信長が主催した角力《すもう》大会で優勝した力自慢の力士が務める。

そして最後に大トリを務めるのが信長という布陣となる。

御馬揃えの順番が決まると、静子は諸将の受け入れ準備などがあるため先んじて京入りをした。

遠地より訪れる越前衆などは一週間前に京入りを予定しており、現場が混乱しないよう関係各所と調整をする必要がある。

事前に受け入れ場所などを選定し、根回しも済んでいるのだが信長肝煎《きもい》りの御馬揃えだけに諸将も予定外の行動をとり勝ちなのだ。

事前に申告していた以上の人員を帯同していたり、民たちの度肝を抜こうとして余計な騒動を起こしたりする。

発奮の機会を得て意気込む気持ちはわからないでもないのだが、そのせいで御馬揃えにケチがついては本末転倒であった。

そして、そんな諸将らを角が立たないように調整できるのは、信長を除けば静子しかいない。

信忠も東国征伐で手柄を立て、信長の後継者として認められつつあるが、それでも年若いことから軽んじられることが少なくないのだ。

「此度《こたび》の御馬揃えは上様が音頭を取っておられます。これに水を差さんとする輩《やから》はその出自如何《いかん》に拠らず、厳罰を以て対処しなさい」

温厚篤実《とくじつ》な女性であり、控えめな態度を取るが故に静子も侮られることが多いのだが、必要だと割り切れば非情にもなれる人物であることは織田家重臣の間では皆が認めるところである。

こうして静子が腹を括って綱紀粛正の号令を発すると、真っ先に行動で示したのが長可《ながよし》である。

取り締まりの為だという大義名分を得た長可は、静子の言葉通り誰であろうと騒動を起こす者へ一切の躊躇《ちゅうちょ》なく拳を振るった。

「人は数が集まり、熱くなってしまえば我を忘れる阿呆《あほう》が必ず出る。そういう奴には口で言っても無駄だ、先に拳で黙らせてから話をするのが一番だ！」

己の父より年上の者だろうが容赦なく鉄拳制裁を加える長可に対し、家臣が多少の手心を加えてはどうかとの進言への返事が前述のものとなる。

彼は己の行いに何ら恥じるところがないと言い切り、身分の上下や老若男女を問わず平等に取り締まった。

その甲斐あってか御馬揃えを一目見ようとする民たちや、御馬揃えに加わる者たちも一様に頭を冷やす結果となる。

そして十一月十二日、遂に信長待望の御馬揃えが開催される。

信長は勿論のこと、静子を筆頭に多くの家臣たちがこの日の為に様々な準備を重ねてきた。

残念ながら史実通り、秀吉《ひでよし》は毛利《もうり》戦の兼ね合いで参加することが叶わない。

怨念が墨に籠《こも》っているのではと思うほど筆跡の乱れた、本人自筆の文を静子が受け取っている。

西国《さいごく》攻めの最前線であるため電信装置が置かれており、信長と秀吉は通信使を介して連絡を取り合っていたのだが、ついぞ秀吉帰還の陳情が許可されることは無かった。

御馬揃えへの参列を熱望していた秀吉も、流石に自分が抜けたせいで毛利に負けたとなれば取り返しがつかないため、泣く泣く参加を見送る決断を下した。

代わりに雰囲気だけでも味わいたいとの要望があり、是非とも写真を撮影して送って欲しいと懇願されることとなる。

静子はこれを快く受け入れ、予定よりも撮影班を増やして対処することとした。

記録魔と異名を取る静子だけに、記録媒体であるガラス乾板式フィルムの増産を既に行っており、三人一組の撮影班が沿道のあちらこちらに配置されて京の民に写真の存在が印象付けられることとなる。

「ようやくだね。開催までに紆余曲折《うよきょくせつ》あったけれど、今日という日を無事迎えられたことを喜びましょう」

静子が言うように開催するまでに裏で多くの血が流れた。お祭り騒ぎの熱に浮かされて粛清された者などは可愛い方で、なんとこの期に及んでもならず者を雇って御馬揃えを妨害しようとした者さえいたのだ。

これに対する信長の対応は苛烈であった。二度と反抗しようなどと思わぬよう、徹底した報復が実施される。

一罰百戒《いちばつひゃっかい》を地で行く粛清に、反織田を掲げていた公家達は震えあがった。

信長の警告が身に染みたのか、それ以降は大過なく準備を進めることができている。

それほどまでに信長が拘《こだわ》った御馬揃えには、時の帝こと正親町《おおぎまち》天皇も臨席される天覧のイベントであるため、日ノ本中の有力者が一堂に会することとなった。

朝廷だけでなく武家、果ては仏家からも多くの有力者が集う。これだけの面子《メンツ》が揃うとなれば、機を見るに敏な商人がこの機会を逃すはずもなく、普段は堺《さかい》から動かない大商人たちも挙《こぞ》って押し寄せた。

実質的に日ノ本を動かしている面々が揃うこととなり、それだけの相手を前に信長が天下を掌握したと知らしめるのだから御馬揃えがどれ程重要なイベントであるかが理解できよう。

「うーん。気持ちはわかるけれど、流石にこれは派手過ぎない？」

そうぼやきながら静子は己の恰好をしげしげと眺める。騎乗するため馬乗り袴《ばかま》をベースにしているのだが、静子の袴は単色ではなくグラデーションが施されていた。

紫を基調として鮮やかな緋色へと移ろう様は美しく、貴色とされるが暗くなりがちな紫を配しているのに、艶《あで》やかに見える。

また袴の膝より少し下あたりから太股の中ほどまでに亘って幾つもの小さな花が縫いつけられていた。

しかも単純に直線に並ぶのではなく、色の変化に合わせて流れるように配されており、しかも花の中央には所謂《いわゆる》スパンコールが施されているため光を反射して大層目を惹く仕上がりだ。

このスパンコールも金属片などの安っぽい物ではなく、薄い樹脂に対して螺鈿《らでん》を施した高級品であるため、輝いて見えるというのにギラギラとした下品な印象にならない。

上着に関しては袴の小さな花の意匠に対するように、大きな花の刺繍《ししゅう》がちりばめられていた。

更に髪を纏《まと》める為に挿している簪《かんざし》は、鼈甲《べっこう》の芯材から金属で作られた緋牡丹《ひぼたん》が幾つも小さな銀鎖でぶら下がるという豪華絢爛《けんらん》なものとなる。

今回自分の衣装を用意した彩《あや》と蕭《しょう》がやたらと花に拘っているなと思っていたが、実際の御馬揃え当日を迎えてみて初めて彼女たちの意図に気が付いた。

それは周囲の誰も彼もが挙ってド派手な恰好をしており、金や銀で彩られた勇壮さや猛々しい印象を与えるのに対し、静子の衣装は女性らしい優美さを示しつつも大輪の花が咲き誇るかのように目を惹く仕上がりとなっている。

御馬揃えは軍事パレードであるため、己の武威を示さんとする方向性を持っており、皆がそれぞれに己の存在を誇示せんと工夫を凝らすことから主張が弱いと埋没してしまう。

それを逆手に取り、真逆の方向性で嫋《たお》やかかつ華麗な装いが醸《かも》し出す異色さは自然と周囲の目を集め、彩と籥の面目躍如といった処だろう。

（そういう意味では優美ではあるけれど、ギリギリ軍装の域を出ない絶妙なバランス感覚だよね）

振袖や着物ほど派手ではないものの、鮮やかな色使いで女性らしさを主張するセンスの良さに、改めて静子は彼女らの尽力に感謝した。

御馬揃えが終わったら何らかで報いないといけないなと思いつつ、静子は己の順番が来るのを待っている。

イベントの開催に尽力した第一人者となる静子だが、自身も参列する以上は出番が来るまで不用意に動き回ることができない。

撮影班に任せるのではなく、己の目で御馬揃えの隊列を真正面から眺めたい誘惑に耐えていると不意に声を掛けられた。

「義姉上《あね》、ご機嫌は如何《いかが》ですかな？」

うずうずしている様子を隠せない静子に声を掛けたのは、義父こと前久の嫡男にあたる近衛信《のぶ》尹《ただ》であった。

彼自身は御馬揃えに参列しないが、実父が公家筆頭を務めることから後学のためにと臨席している。

しかし、その装いは全く普段と変わらないものであるため、皆がこぞって着飾っている中に於いては相当に浮いて見えた。

尤《もっと》も彼自身は他者からどう思われているかなど意にも介さないため、泰然として振る舞っている。

「今の処順調だよ。もうすぐ一番部隊の丹羽様らが出発なされるんじゃないかしら？」

「義姉上は確か六番部隊に当たるのでしたね。予定通りに進行すればご出発は昼前頃になるかと伺《うかが》っております」

「予定通りいくと良《い》いんだけれどね」

遠くへ目線を投げながら静子は呟いた。御馬揃えは信長の号令一下、主要な武将らが総出で臨む大規模イベントだ。

入念に準備を整え、跳ねっ返りを粛清することで規律を保っているが、いざ大観衆の歓声を浴びて高揚すれば羽目を外す者も現れよう。

そういった行動に出る恐れのある者は事前に調べ上げ、傍らに彼らを掣肘《せいちゅう》できるものを配してある。

とは言え不測の事態というのは起こるものであり、運営側となる静子は気を揉んでいた。

「そういった不慮の事態をも楽しんでこその御馬揃えでしょう。そう考えた方が気楽ではありませんか？」

「……そんな風に開き直れれば良いんだけれどね。一世一代の大舞台だからこそ、私の失敗が歴史に刻まれると考えたらお腹が痛くて……」

「義姉上は既に人事を尽くされておりまする。ここで何らかの事故が起こったとして、義姉上が責を負う必要はございませぬ。問題を起こしたものに帰するべきかと」

「それはそうなんだけど……　ここまで来たら平穏無事に終わって欲しいよね」

「お気持ちお察しいたします」

静子が控える待機所から遠く離れているにも拘《かか》わらず、ここにまで届いてくる喧騒に耳を傾けながら静子はため息を吐いた。

諸将やその家臣達も意気衝天《いきしょうてん》たる様子を隠そうともせず、御馬揃えに臨む意気込みが並々ならぬことが察せられる。

好事魔多しのたとえにあるように、このような時こそ問題が起こると危惧する静子は、どうか無事に終わりますようにと神仏に願うのだった。

「普段熱心に信仰していない身からすると憚《はばか》られるんだけれど、ここに至っては神仏にお縋《すが》りするしかないよね」

「義姉上の願いが聞き届けられんことを祈っております」

そんな信尹の応《いら》えに苦笑を浮かべる静子に一礼すると、彼はその場を辞した。

静子が改めて進行状況を確認する。既に三番部隊までが出発しており、四番部隊の先頭が出発の合図をやきもきしながら待っている状態だ。

意外に長く話し込んでいたのだなと考えながらも、静子は自身の順番である六番部隊の先頭で待機していた。

すると五番部隊の先頭を務めるはずの信忠が騎乗したまま静子の許《もと》へやってくる。

彼の顔に緊張はなく、どちらかと言えば時間を持て余している様子が窺えた。

「よう、静子。俺の暇潰しに付き合ってはくれまいか?」

「これは若様、ご機嫌麗しゅう。勿論、お望みとあらば喜んで」

「堅苦しい物言いはよせ。楽にせい」

お互いに何度も繰り返したお決まりの手順を経て言葉を崩す。

静子と信忠は長い付き合いながら、信忠は信長の後継者である。

家臣である静子が、主君の跡継ぎに対してぞんざいな物言いをしていると、信忠が静子に軽んじられていると周囲が誤解する可能性があった。

それ故に、最初は上下関係を意識した言い回しを用い、信忠が礼を排するように命じて言葉を崩すのが常となっている。

まったく迂遠《うえん》なことだと思いつつも、これで面倒が回避できるなら必要な手間だと考えていた。

「そう言えば面白い話を二つほど小耳に挟んだぞ？　何でも珍しい鉱石が見つかったとかで足満《あしみつ》が土佐国《とさのくに》に赴いておるらしいな。他にも九鬼《くき》水軍を使って外洋航行の準備をしていると聞き及んだ、確か青ヶ島《あおがしま》と言うたか？」

「本当に耳が早いね」

足満が土佐に向かっているのは未だ信長にすら報告していない極秘の情報であり、何処から信忠が聞きつけたかが気にかかるところだ。

また足満の目的までをも察知していることから、鉱山技師か掘削機材の技師あたりに見張りを付けているのだろうと察する。

目論みが外れた折に肩透かしをさせるのも悪いと考え結果が出るまで伏せていただけで、別段隠すほどでもないと判断した静子は口を開いた。

「私は鉱石とかは良くわからないんだけれど、足満おじさんが日ノ本を統一するためには絶対に必要となる鉱石だって張り切っていたんだよ」

「絶対に必要とは大きくでたな。それはこの辺りでは採れない物なのか？」

「量とか質に拘らなければ比較的色々な場所で採れるとは言っていたけど、本土から切り離された四国が理想的な位置にあるんだって」

「それで重要な鉱物っていうのは何なんだ？」

「まずはマンガンだね。クリプトメレンって言うぶどうの粒みたいな形をした黒っぽい塊がいくつもくっついた石が見つかったんだって。それで付近の試掘を続けていたら、菱《りょう》マンガン鉱って言う赤く透き通った菱型の石が纏まって出土したから本格的に採掘するらしいよ」

「くりぷ……なんだって？　その『まんがん』とやらは何ができる？」

「さっきから質問ばっかりだね。えーと、足満おじさんが言うには鉄より硬い鋼をより硬くしなやかにするために必須の物質なんだって」

「なるほど、より硬い鋼か。確かに小田原《おだわら》攻めでも大砲が強度不足で割れたからな、強い鋼は重要だろう」

信忠はそう呟くと沈思黙考しているのか、目を瞑《つむ》って考え込んでいる様子だ。

実は他にもクロムを含んだ鉱石であるクロム鉄鉱と灰《かい》クロム柘榴石《ざくろいし》が見つかっているとの報告も上がっていた。

材料工学や地質学に関してはまるで知識を持たない静子からすれば、何が重要なのかサッパリわからなかったのだが足満によるとクロムがあればステンレスも作れるそうだ。

非常に錆びにくいことで有名なステンレスの利便性は静子でも理解できたため、期待に胸を膨らませずにはいられない。

一気に詰め込んでも理解できないだろうと足満が説明を省いているのだが、ニッケルとクロムから合金を作れば電熱線で有名なニクロム合金となり、これを高炉に組み込むことができれば扱える金属の幅が増える。

他にもアルミを調達することができればカンタル合金と呼ばれる高温に耐える発熱体を作ることも可能となる。これでコイルを作成し、電気炉を作ることができたなら他国とは隔絶した技術的優位性を持つこととなるだろう。

「おっと、考えこんでしまったな。それで九鬼の連中には何をやらせているんだ？」

九鬼水軍は織田軍に於いて海軍の主力を担っているのだが、これとは別にもう一つの大きな役割があった。

それは外洋航行に向けた補給拠点となる島の探索である。

幾ら静子らが齎《もたら》した技術によって造船技術や食料保存技術が向上しようとも、現代のように無補給で数か月以上もの航海を続けることは容易ではない。

それ故に、必ず中継地点となる補給基地が必要となるのだ。

幸《さいわ》いにして静子が信長に献上した世界地図があるため、彼女は信長と綿密な打ち合わせをしながら補給基地となる島の候補を絞っていった。

そしてその補給基地となる第一弾が青ヶ島であった。本土から離れること三百五十キロメートル以上という場所に存在する孤島であり、鎌倉《かまくら》時代に成立した『保元《ほうげん》物語』に海難事故の記述が存在する。

翻《ひるがえ》って戦国時代の青ヶ島は、恐らく無人島と思われることから沿岸部に簡易的な港と、物資集積拠点を構築することを目指した。

当然のことながら計画が順調に運ぶはずもなく、一回目の遠征は僅か五日で旗艦のエンジントラブルによって帰投することとなる。

これを元に問題点を洗い出して計画を修正し、改めて船団を組みなおして行った二回目の遠征は予定日を超えても帰還しなかったため捜索隊を派遣し、航路の途上にある御蔵島《みくらじま》で立往生していた艦隊を救助して帰還する結果となった。

それ以降も幾度となくトラブルに見舞われ、何度も計画の修正を余儀なくされた。

大きな成果を上げられないまま、無為に資源を浪費するとして周囲から陰口を叩かれながらも挑戦を止めなかった。

数々の失敗を乗り越えた先にこそ栄光が待っていると静子も頑として計画中止に首を縦に振らない。

それでも航海の度に航海日誌から海図を更新し続け、ようやく青ヶ島への往復航路を確立するに至るという経緯があった。

信忠の言から察するに、彼は計画の概要を既に摑んでいることが窺える。とは言え外洋遠征の目的地や展望については大っぴらに語って良いものでもない。

しかし、下手に隠し立てして彼の好奇心を刺激しては『藪《やぶ》をつついて蛇を出す』事になりかねないと判断した静子は、ある程度情報を開示することにした。

「どうせ君のことだから黙っていたら勝手に調べるだろうし、必要な情報だけ教えるね」

「おいおい、人聞きの悪い事を言うなよ。俺を一体なんだと思っているんだ」

「好奇心からすすんで危険に身を晒す猫かな？」

痛い処を突かれたのか、信忠は露骨に静子から目を逸らした。彼の態度に思わず苦笑するも、好奇心旺盛なのは信長の血なのだろうと諦めることにする。

「しかし、貴様のことだから人知れず成功を納めていると思っていたぞ」

「人をなんだと思っているのよ。幾ら技術があっても、経験が無ければ外洋航行なんて無理だよ。航海期間が伸びる程に不測の事態が発生し易《やす》くなるからね」

「地道な努力の積み重ねってやつか。あ、父上の後で良いから俺も外国《とつくに》（日本以外の国のこと）へ行ってみたい」

「……上様の許可が下りたらね」

信長の後継者を不安定な航海に帯同するのはリスクが高すぎる。

静子は信長から許可が得られない限り、信忠を船に乗せるつもりはない。

海が荒れれば沈没することもあるし、そうでなくとも遭難する可能性が高い航海に後継者を連れて行くなど論外だ。

（船が沈没したり、遭難したりした際のサバイバル訓練も必要かな？）

船が沈んだり、遭難してしまったりした際にもサバイバルキットと知識及び技術があれば、生存の可能性を高めることができる。

問題があるとすれば、そのような知識を静子が持ち合わせていないことだろう。

「何だつまらんな。南蛮人の住まう土地を一目見たかったのだが」

「そんなお気楽な航海じゃないんだけどね」

「無論知ってはいるが、日ノ本の外にある世界を見てみたいではないか！」

「まずは上様の天下統一が先だね」

「それはその通りなのだが……　おっと、そろそろ刻限のようだ。迎えがきてしまった。じゃあな静子」

信忠が不意に静子から視線を外すと、連枝衆の部隊から信忠を迎えに来た近侍の姿があった。

若干慌てた様子で静子に別れを告げると、信忠は彼女の返事を待たずに立ち去る。

思わず呆気に取られていた静子だが、状況を確認すると四番部隊が既に出発を始めており、五番部隊となる信忠がゆっくりしている時間ではない。

それぞれの部隊規模が大きいため、六番部隊である静子の出番はまだもう暫《しばら》く掛かりそうだが、そろそろ準備を始めるよう静子は家臣に命じた。

「さて我々も――」

「おや、こんな所にいたのですね」

静子が部隊の隊列へ戻ろうとした瞬間、狙いすましたかのように義父である前久が声をかけてきた。

今日は千客万来だなと思いつつも静子は前久に向き直る。彼は多くの公家を伴っており、それを見た静子は疑問を抱く。

前久が自分を訪ねる際に、ぞろぞろと取り巻きを連れて現れたことなど一度としてなかった。

そもそも関白たる前久が望めば、取り巻きの同道を許さないことなど造作もない。

それにも拘わらず今日に限って取り巻きを引き連れているのは、何らかの思惑があるのだろうと察する。

しかし、相手は魑魅魍魎《ちみもうりょう》の渦巻く朝廷を動かす人物、静子程度ではとうてい前久の真意は窺えなかった。

「ははは。少し肩に力が入っているようだ、そう身構えずとも宜しい」

それだけ言うと前久は静子に近づいて、彼女の髪に一本の簪を挿した。

それは艶《つや》めく黒檀《こくたん》の芯材に、桃色をした瑪瑙《めのう》で桃の花があしらわれており、そこからぶら下がる形で近衛家の家紋《かもん》である近衛牡丹の精緻《せいち》な羅漢彫りが揺れている。

恐らくは羅漢彫りの素材が白檀《びゃくだん》なのだろう、少し甘さを感じさせる華やかかつ、どこかお線香を思わせるような上品で高貴な香りが漂った。

「これだけの大仕事を見事成し遂げた娘に対する親心だよ」

静子の肩を軽く叩きながら前久が告げる。静子からは見えないが、少し離れた場所で控えている才蔵《さいぞう》が眉根を寄せて前久を眺めていた。

才蔵の視線を気にすることなく前久は、ひらひらと彼に向けて手を振ってみせる。

「は、はい。ありがとうございます」

「そう畏まらずとも良い。本来なら一緒に茶でも一服したいのだが、私もそろそろ準備をせねばならないようだ」

前久の言葉を耳にして静子は思わず周囲を見回した。すると彼女の視界に静子に声を掛けて良いものかどうか迷っている小姓の姿が映る。

そろそろ静子に準備を促さなければならないが、前久との会話に割って入れるはずもなくやきもきしている様子だった。

「その様ですね。またお時間のある折に、ゆっくりとご一緒いたしましょう」

「そうしましょう。何やら我が娘は多くの仕事を抱えているようですし」

前久はやたらと『自分の娘』という点を強調して話していたのだが、その意図を静子は理解できなかった。

かねてワーカホリックなことに苦言を呈されていたため、やんわりと注意をされていると考え、そこまで思い至らないのだろう。

「……少し減らすよう努力いたします」

下手に言質《げんち》を取られては敵わないと思った静子は、早々と会話を打ち切って一礼をするとその場を去る。

前久は彼女の後姿を穏やかな笑みを浮かべて見送りながら、誰にともなく呟いた。

「さてさて、我が娘のもう一人の保護者はどうでるか……」

そこにいたのは静子に対し情愛を示す父親ではなく、朝廷という生き馬の目を抜く伏魔殿の主たる関白の姿があった。

一方、急いで自分の部隊へと戻った静子は、先ほど前久から貰った簪を確認しようと手鏡を取ろうとしていた。

自分の荷物が入った行李《こうり》に向かおうとした静子の視線の先に、本来ここにはいないはずの人物を見つける。

悪戯《いたずら》が成功したような笑みを浮かべる信長を見て、静子は慌てて馬から下りた。

静子の行動によって信長の存在に気付いた周囲も、彼女に倣って馬から下りて控えようとする。

「そのままで構わぬ」

信長はそんな彼らの様子を声だけで制すると、前久と同じく静子の髪に一本の簪を挿した。

信長が挿した簪は、前久のそれとは対照的にいぶし銀の一本簪に、一点大きく透明なガラス玉があしらわれており、その内部に織田家の家紋である織田木瓜紋《もっこうもん》が浮き上がって見える見事なものであった。

自分の視界からは見えない位置に挿されている静子は、前久と信長の行動に困惑する。

（二人とも簪をくださったけれど、流行っているのかな？）

「褒美を取らす」

静子の困惑に答えることなく、信長は豪快に笑いながらその場を立ち去る。

後に残されたのは二人の目的がわからず戸惑う静子と、家紋が施された簪から何となく二人の思惑を察した静子の配下たちであった。

千五百七十八年　十一月上旬　二

家紋とは個人や家族といった同じ氏族を示す紋章である。

家や一族の独自性を示す家名（屋号）に端を発しており、持ち物や建築物に刻むことでその帰属を明らかにする用途で用いられている。

そしてそのような家紋が刻まれた簪を髪に挿すということは、静子が織田家及び近衛家にとってかけがえのない人物であることを意味する
更には一門の当主自らが彼女の髪に挿し、また静子がそれを受け入れたことによって図らずもその絆の太さを周囲に示すことになる。

即ち、静子は猶子《ゆうし》（血族外の養子）を超えた近衛家の重要人物であり、織田家直系の親族に匹敵すると公に宣言することとなった。

「それでは、参りましょう」

これほど重要な意味をもつ行為に静子が気付けなかったのは、『御馬揃え』出発直前であったこと及び静子が簪本体を目にしないように二人が髪に挿し込んだためだ。

信長は主君であり、前久は公私ともに世話を焼いてくれる義父である。そんな二人が褒美にと授けてくれたものを無下に扱うことなど静子にできようはずがない。

流石に髪型が乱れたのならば対応が必要だったのだろうが、周囲が何も言わないところを見るに問題がないのだろうと彼女は判断してしまった。

因みに周囲の者たちが何も口出ししなかったのは、簪があまりにも見事な逸品であったことと、それを戴《いただ》く静子を誇らしく思ったためである。

御馬揃えの六番目に位置する静子隊は、進行役が出発の合図を出したのを見て馬を進める。

静子隊の先頭を務めるのは静子の馬廻衆《うままわりしゅう》が二人、傾奇者《かぶきもの》として知られる前田利益《まえだとします》こと慶次《けいじ》と、可児吉長《かによしなが》こと才蔵が露払いに立っている。

傾奇者の面目躍如といったド派手な衣装に身を包んだ慶次と対照的に、この時代の甲冑である当世具足とは一風変わった近代的な甲冑を纏う才蔵。

実に益荒男《ますらお》ぶりがする二人に続くのが艶やかな衣装を着こなしている静子であった。

沿道から間近で見ている者には、彼女が挿している簪の威容が目に飛び込んでくる。

何を差し置いても目を引くのは信長が彼女に与えた簪の飾り玉だ。レンズに使える程の透明度を誇るガラス球を半分に割り、金属に漆を塗る『金胎漆芸《きんたいしつげい》』の技法を用いて漆の鮮やかな色合いで織田家の家紋である『織田木瓜紋』があしらわれた金属板を挟み込んでいる。

家紋の外側は金箔が貼られており、金地に赤と黒で表現された家紋がレンズの効果で拡大されて浮かび上がるという至高の逸品だった。

一方の前久が与えた簪も、信長のそれとは別方向で優雅さを主張している。

彩をはじめとする静子の侍女の手によって磨き上げられた『烏《からす》の濡れ羽色』と称されるほどに見事な彼女の黒髪にあってなお、目を惹きつける艶やかな黒檀とその先端にあしらわれた桃色の瑪瑙と金によって作り出された桃の花。

桃の花からぶら下がるようにいくつも揺れているのは、高級な香木である白檀を羅漢彫りと呼ばれる技法で球形に彫刻された、近衛家の家紋である『近衛牡丹』だ。

信長の簪が皆の目を惹きつけてやまない『大衆の美』だとすると、前久のそれは見る人を選ぶがわかる人には理解できる『洗練の美』であった。

事実として静子の姿を目にした豪商たちは、国宝級の簪を頭に戴いた静子の姿に息を飲み、彼女の庇護者からの思い入れに恐れ慄《おのの》いた。

静子の装いに対する周囲の反応とは反対に、彼女は暇を持て余していた。沿道から届く大歓声に片手を振って応えながらも、馬の歩を進ませること以外にはすることがない。

そもそも御馬揃えは軍事パレードとしての側面が強いため、静子のように将ではなく兵たちならば調練具合を示す場になるのだが、将については個の武勇を示すことが求められる。

しかるに静子に関しては、兵站構築・維持や指揮、戦略面といった目に見えにくい功績で地位を得ている関係上、財力及び権力ぐらいしか強調すべきものがない。

女性の身でありながら大成した立身出世の象徴として同性からは尊敬されるが、静子の勇名は聞き及べど姿を目にしたことが無い京の男達には想像以上に華奢《きやしや》かつ小柄で嫋《たお》やかな女性として映っていた。

必然的に静子に向けられる視線は羨望と値踏みが入り混じったものとなり、彼女としてはじつに居心地が悪かった。

この静子特有の問題点は早期から指摘されており、これに対する解決策として最新鋭の銃兵や砲兵を引き連れて重武装の軍隊で威を示すというものもあった。

しかし、それは武家と対立しがちな朝廷及び正親町天皇への威圧というメッセージになりかねないため見送られたという経緯がある。

（私も沿道から眺めたかったなあ……）

御馬揃えに参加することは大変な栄誉なのだが、歴女としての静子は沿道に配置されている撮影班と一緒になって歴史的イベントを観覧し、やれあの武将はどこそこの誰々であるとか、あの前立ては何を模しているのだとかの蘊蓄《うんちく》を周囲の人々に披露したいのが性分である。

静子が退屈を悟られないように愛嬌を振りまいていると、彼女を目の上のたん瘤《こぶ》とばかりに目の敵にしている堺の豪商たちは実に憎々しげに静子を睨《ね》めつけていた。

彼らは静子を目にし、見るからに覇気もなく袖から覗く手首も細くて簡単に手籠めにできそうだと考えていると、彼女が頭に戴いた簪が警告を発する。

普段から高級品を扱うが故にわかってしまう、震えを覚えるほどの逸品が放つ威圧感と庇護者の家紋が示す武と権威の頂点という証。

さんざんに煮え湯を飲まされてきた静子に対して意趣返しをすることすら難しいという現実が、歯ぎしりという形をとって外部に漏れていた。

こうして静子にとっては退屈な、静子を敵視する者にとっては胃がキリキリと痛むような御馬揃えが終わった。

平時であれば四半刻もあれば到着する距離を何時間も掛けて練り歩いた静子は、大過なく一仕事を終えたことに安堵して思わず自分の肩を揉む。

馬から降りて衣装を脱ごうとした際に、ふと信長と前久から賜《たまわ》った簪に思い至り、簪を外して貰おうと小姓に声をかけた。

「も、申し訳ございません！　恐れ多くてとても触れられませぬ！」

しかし、簪を目にした小姓は軒並み震えあがり、誰一人として近寄ることすら拒む有様だった。

自分に見えない位置に挿されたため、不用意に扱って壊すのも嫌だなと他者の手を借りようとしたのだが、この反応を見ていると一体何が己の頭に載っているのか空恐ろしくなってくる。

結局は小姓が彩を呼びにいき、胆の据わった彼女ですら若干慄きながら簪を髪から引き抜いた。

「これは……確かに迂闊《うかつ》に触るのも憚られますね」

彩は信長と前久の気の入れ様を察して呆れてしまう。同時に小姓たちが怯んだ理由をも理解した。

いずれもが天下人と五摂家筆頭の面子と威信を掛けて作らせた逸品であり、艶やかな表面に己の指紋を付けることすら恐ろしい。

万が一にも己の不注意で破損せしめた場合に、一族郎党の命を以てしても贖《あがな》えないであろうことは明白だった。

しかし、最初期から静子と関わりを持ち、彼女の無茶に付き合っている彩は怯まなかった。

それでも超が付くほどの高級品ゆえ、簪を持つ手が震えてしまうのは仕方がないだろう。

「こちらになります」

「ありがとう。え!?　えーと、私はこれを髪に挿して馬に乗っていたのかな?」

彩から袱紗《ふくさ》に包まれた簪を載せた小盆を受け取った静子は、恐る恐る指で転がして家紋が拡大されて見える様を眺める。

また前久から賜った簪は、家紋を立体的に彫り込まれた香木が芳香を放ってくる。素人目にも恐ろしく高級品だということがありありと窺える逸品を前に静子は腰が引けていた。

「残念ながら、静子様はこの簪を最初から最後まで挿しておいででした」

「そ、そう。コレを付けて……ね……」

幾ら現実逃避をしていても、過去は変えられない。静子はがっくりと肩を落とした。

確かに自分を睨むような視線で見てくる人がいるなあとは感じていたのだ。

静子の東国管領就任は、既に世間に広く知れ渡っている。堺に拠点を構える豪商たちは、静子が関東という僻地に赴任すると思って快哉《かいさい》を叫んだ。

邪魔者が居ない隙をついて、彼女の経済圏を蚕食《さんしょく》してやろうと企《たくら》む。

しかし、蓋を開けて見れば静子は依然として尾張《おわり》に居座り、神戸《こうべ》と尾張の双方から堺を圧迫してくる始末。

短絡的に静子排除に動けば、武の頂点たる信長と権威の頂点たる前久が全力を以て報復してやると宣言されているようなものだ。

まだ当分の間、重圧に耐え続ける苦渋の時が続くと知り、彼らの雌伏は継続することとなった。

「朝廷としても、私を取り込みたいんだろうね。四季折々のご挨拶はしているんだから、余計な政争に巻き込まないで欲しいなあ……」

「仕方ありません。静子様がお持ちになっている経済力及び影響力は、朝廷が喉から手が出る程に欲しているものです。追い詰められた者ほど、一攫千金《いっかくせんきん》を夢見て、欲望の炎に身を投じるのです」

「旗色が悪いときは堅実に生きる方が良いと思うんだけれど、お公家様は違うのかな？」

「苦境という闇の中で過ごす者には、静子様という灯《ともしび》が身を焦がすほどに眩《まぶ》しく見えるのでしょうね」

会話しながらも静子の脱衣を手伝っていた彩は、国宝級の簪を厳重に梱包した上で静子の衣装が納められている行李にしまう。

すっかり平服に戻った静子の髪を梳《くしけず》りながら、彩は彼女の問いに対する答えを呟いた。

「そうそう、今回のお衣装凄く良かったよ。色々な人からお褒めの言葉も賜った。皆には色々と苦労を掛けたから、これが終わったらご褒美に期待していてね」

「お褒め頂きありがたく存じます。その前に、この後控えている会談にもご尽力願います」

「そうか……会談しなきゃ駄目だったね……」

彩の言葉に静子はがっくりと肩を落とした。


静子への会談申し込みが多いのには理由があった。東国管領という役職も一因ではあるが、一番の理由は静子が邸宅から滅多に出てこない為である。

稀に外出したとしても、その殆どが公務によるものであるため、みっちりと予定が詰まっており会談を申し込む隙が無い。

そんな静子が御馬揃えの為に京に滞在し、準備から後片付けまでの長期滞留が決まっているのならば、会談や陳情の申し込みが後を絶たないのは自明の理である。

そして静子の京滞在が長期化した理由の一端は朝廷、それも上京《かみぎょう》に住まう者からの申し入れにあった。

御馬揃えは日ノ本中の有力者が一堂に会する催しであるため、不測の事態が起こる可能性は捨てきれない。

それ故に暴力装置としての軍ではなく、単独で会場設営から警備までを幅広くこなせる静子軍に治安維持の依頼が出されるに至った。

しかし、これに対する静子の返答は辞退だった。その理由は信長からの命令でもなく、義父である前久を介しての依頼でも無かった為である。

信長やその後継者たる信忠、または義父に当たる前久からの依頼に対しては、ややもすれば安請け合いをする印象を抱く静子であるが、彼ら以外の依頼に対しては朝廷からであろうとも慎重な姿勢を取る。

ましてや京の治安維持に関しては既に『京治安維持警ら隊（以降は警ら隊と略す）』が担当しており、信長の命もなく彼らの職分を侵すのは越権行為だと考えていたからだ。

稀に静子の兵が警ら隊と協力して活動するのは、あくまでも静子の身辺警護を行う傍ら互いに融通を利かせあっているからに過ぎない。

お互いにそれぞれの職分を侵さず、協力し合ってきた経緯がある故の良好な関係を維持していた。

しかし、今回持ち込まれた朝廷からの依頼は、彼らの領分を土足で踏みにじるようなものだ。

こうした背景から一度は断った依頼だったのだが、朝廷としては万が一にも本格的な武力衝突が発生した際に対処できないと信長に泣きついた。

その結果、関係各所と角が立たないよう調整を図れるのは静子のみだとして、静子は京に一月以上にも亘って滞在することが決まっていた。

「私の予定が……会談で埋まってしまった」

小姓たちが持ってきた事務方作成の予定表を見て静子は愕然とする。

京の治安維持に於いて静子を必要とする仕事は、関係各所に対する調整が殆どであり、誰々と会う、誰々と会食するといったものを除けば最終決裁しかないというのが実情だ。

更には御馬揃えを見事成功に導いた功労者に対する褒美として、静子には信長から直々に一週間の特別休暇が与えられている。

その休暇が過ぎれば電車のダイヤグラムもかくやと言わんばかりに、分刻みのスケジュールが予定されており、彼女と会談を希望する者の多さが窺えた。

「退屈で死にそうだよ」

ワーカホリックの気質を持つ静子は、特別休暇二日目にして異常に遅く流れるように感じる時間を持て余していた。

こんなことになるとわかっていれば、未読で積んでしまっている書籍を持ってくるべきであったと後悔する。

本来ならば京の静子邸で、畑仕事でもしたかったのだが、それすらも家臣に取り上げられてしまっており、本格的にやることがない状況に陥った。

そこで静子は配下を方々に遣わして、近隣の目ぼしい書籍を購入してくるように命じる。

当然ながら書籍というのは高価なものなのだが、金満体質の静子は配下に大量の金子《きんす》を持たせ、掛け払いではなくその場で買い付けてくるという豪快な手法を取った。

結局静子の家臣たちは堺にまで足を延ばし、南蛮渡来の洋書やら前久の『京便り』に触発されて少部数ながらも手書きで刊行されている堺の業界紙、いくさで放出された仏家の経本などまで手広く買い付けた。

静子は休暇の残りをこうした書籍をリストアップし、分類しながら読み耽《ふけ》ることで過ごし、休み明け直後に予定されている光秀との会談を明日に控えた頃、静子の許を長可が訪れる。

「小山のようだな」

読み終えた書籍を積み上げながら、読書を続ける静子に長可は呆れながら声を掛けた。

興味本位から積み上がった書籍を手に取ってみるが、長可には何が面白いのやらさっぱりわからない。

静子が己の気が向くまま無差別に本を読むという乱読型なのを知っている長可は、興味が持てない書籍を山へと戻す。

「勝蔵《かつぞう》君が訪ねてくるのは珍しいね。てっきり京の治安維持にかこつけて暴れていると思ってたよ」

「お前が尾張から呼び寄せた兵どものせいで、小悪党どもは蜘蛛の子を散らすように逃げ去ったわ。お陰様で俺まで退屈になってしまったじゃねえか」

「それはごめんね。んっ！」

区切りの良い所まで読み終えた静子は、一つ背伸びをすると書籍に栞《しおり》を挟んで書見台に置いた。

「しかし、なんで銃兵だけでなく砲兵まで呼び寄せたんだ？　特に大軍を動員するような予定も無かっただろう？　御馬揃えを超える物々しい集団を見て、小物が震えあがっていたぞ」

静子は己の無聊《ぶりょう》を読書で慰める傍ら、尾張にいる静子軍の虎の子である新式銃及び大砲部隊を京に呼び寄せていた。

対外的には京の治安維持のためにと銘打ってはいるものの、本当の目的は信長の密命をこなすためであった。

「上様の命令を遂行するには、こうした派手さも必要らしいのよ」

「また上様の悪だくみに付き合っているのか？」

「ふふっ。それは否定できないかな。それでも私が何かした訳でもないのに、沈む船から鼠《ねずみ》が逃げ出すみたいに出て行くのは酷いよね。お陰で京の民たちの間では、大規模な掃討戦が実行されるなんて噂で持ち切りだよ」

「……やっぱり噂を流しているのはお前か。逃げ出した連中もいつ追撃が掛かるか戦々恐々としているだろうよ」

静子軍の新式銃及び大砲の凄まじさは東国征伐からの帰還者によって広められ、民たちの間ではさながら御伽話《おとぎばなし》のように語り継がれている。

噂が広まるにつれて面白おかしく誇張がなされ、今では新式銃部隊が銃口を並べて斉射すれば一瞬にして千の兵士の命を奪い、一度《ひとたび》大砲が火を噴けば城ごと山を削り取るなどとまことしやかに囁《ささや》かれる。

「私は一度も京に戦火を持ち込むなんて言ってないんだけどね」

「お前が兵を動かすだけで大事件なんだよ！　お前の兵は多くの場合、あちらこちらに派遣されているが、お前が直卒した場合に限っては大抵敵側に壊滅的な大損害が出るんだよ」

「まあそうする必要がある時しか直卒なんてしないからね。でも、お互いの全存在を賭けて戦っているんだから、手加減するのは失礼でしょ？」

「最近の戦果には失礼も糞もないと思うがな、これは言っても詮無いことか。さて、お前が追い出した小悪党どもが一つ所に纏まっているらしいから、俺はそれを血祭りに上げるとしよう」

長可は静子にそう告げるとともに、拳を握って気合を入れると静子邸を後にした。残された静子は、小悪党たちが逃げたと報告にあった大江山《おおえやま》の方向を仰ぎ見て、源　頼光《みなもとのよりみつ》が成した酒呑童子《しゅてんどうじ》退治を思い出していた。

後の報告によれば鬼退治どころか、長可自身が鬼と化して手当たり次第に悪党を殺して回るという地獄のような光景が繰り広げられたと告げられることとなる。

そうこうしている間にも、光秀との会談予定時刻が近づいていていた。

しかし、静子には光秀が内々に相談したいことがあると告げた内容に心当たりがなかった。

光秀とは文を介して定期的にやり取りがあるが、直接会って取り決めを交わすような案件など思い当たらない。

そこで光秀も信長から密命を受けており、それを遂行するために静子の協力が必要なのではないかと推測する。

（となると上様が私にお命じになった内容と関係があるのかな？）

思案している間にも刻限となり、光秀の到着を小姓が知らせてきた。既に会場は整えられており、静子は居住まいを正すと光秀と対面した。

儀礼的なやり取りを終えて一区切りつくと、静子は光秀の様子を窺った。

気苦労からか眉間に刻まれた皺《しわ》が定着したような表情は変わらないものの、精悍な顔つきには若干の疲労が浮かんでいる。

気遣いの人ゆえに要らぬ苦労を背負い込んでいるのだろうと静子が考えていると、唐突に光秀が本題を切り出した。

「実は静子殿の砲兵部隊を私にお貸し願いたい。勿論、上様の許可は得ております る」

そう口にしながら光秀は懐から取り出した朱印状を、傍らに控える小姓を介して静子に渡す。

静子はそれを受け取って中身を検《あらた》めると、信長の直筆により光秀に砲兵部隊を貸し出すようにとの内容だった。

一見すると何の問題もない命令に思えるが、静子は若干引っかかるものがあった。

それは信長と静子の間にはホットラインが存在し、秘密裏に伝えようと思えば幾らでも事前に相談できたというものだ。

砲兵部隊は極めて運用が難しく、観測装置と砲撃部隊とで相互にフィードバックが無ければ砲撃精度が恐ろしく下がる。

しかし、出鱈目《でたらめ》に運用したとしても戦況を一変させる可能性を秘めているだけに、その用兵については信長への報告が必須である。

それほど厳格な運用ルールが定められている砲兵部隊を、事前に静子に伝えることなく貸し出せというのは謎だった。

「承知しました。明智様、失礼を承知で申しますが砲兵部隊は極めて運用が難しい部隊です。戦果を挙げるには相応に訓練及び習熟が必要かと思いますが、そこはご了承下さい。先んじて砲兵部隊の面々をご紹介したいのですが、お時間は大丈夫でしょうか?」

「この後の予定は全て空けてあります。是非にお願いいたす」

こうして静子は光秀を伴い、砲兵部隊が待機している練兵場へと向かった。砲兵部隊の隊長と光秀とを面通しさせながら、静子は思案を続けていた。

砲兵部隊の早期展開を予想して大砲運搬用の荷車等も事前に準備されているのだが、如何せん重量物及び爆発物を運搬する必要性があるため砲兵部隊の足は遅い。

「明智様、ご覧のように砲兵部隊はどうしても移動に時間を要します。すぐに向かう必要がありますか？」

「元より無理なお願いをしておりますゆえ、時間には相当の余裕を見ております。そちらのご都合に合わせたいと思います」

光秀の応えを聞いた静子は、突然すべての点が頭の中で繋がるような閃きを覚えた。

信長から自分に託された密命、光秀に対する特別な優遇と虎の子である砲兵部隊を貸すという大盤振る舞い。

更には事前相談を伴わない不可解な信長の言動。ようやく得心がいった静子は、光秀の前でなければ盛大にため息を吐いていたことだろう。

（敵を欺《あざむ》くにはまず味方から。とは言え、私が気づかなかったらどうするつもりだったんだろう……いや、その場合も考慮して上様は動いているのかも。京は我々の土俵じゃないってことだね）

尾張や安土《あづち》ならばいざ知らず、ここ京に至っては十全に秘密を担保できない何かが存在するのだろうと静子は考えた。

光秀が真っ先に静子との会談を申し込んだのも、織田軍の中で光秀ならば即座に出陣できるほどに余裕があるのだ。少しでも知恵が回るものならば、静子と光秀との会談を知れば真っ先にいくさの気配を感じとる。否、そう思わせられてしまう。

暫くは腹の探り合いに付き合う必要があるなと、静子はこの先の展開を思って憂えるのだった。

千五百七十八年　十二月上旬

京から西へ向かうことしばし、丹波国《たんばのくに》は篠山《ささやま》盆地にて早朝から轟音が響き渡っていた。

静子と光秀との会談から数日、静子が光秀に預けた砲兵部隊が展開して実弾演習を繰り広げている。

これは光秀が最新式の大砲がどの程度の兵器なのかを確認すること及び、砲兵たちの練度を確かめるという狙いがあった。

砲兵隊長の号令一下、篠山盆地から西に聳《そび》える白髪岳《しらがたけ》の麓《ふもと》に向かって何門もの大砲が火を噴く。

轟音と共に撃ち出された砲弾は、山なりの弾道を示したのちに着弾し、その衝撃で内部に詰められた炸薬が更なる爆発を引き起こして地形を変えてしまう。

余りの光景に光秀は息を飲むことすらままならなかった。

それは従来のいくさを根底から覆し、価値観の破壊を齎した。

この大砲を前にしては堅牢な山城に籠って防戦を続け、援軍を待つという守備側の常套《じょうとう》手段が意味をなさない。

頼もしく思えた城門や石垣を、飛来する砲弾が薄紙を破るが如く破壊していく様が容易に想像できてしまう。

そして戦慄しているのは光秀だけではなかった。

これだけ騒音を立てていれば、否が応でも西国の放った間者の耳に入ってしまう。

鳴り止まぬ砲声と、火柱と共に土砂を巻き上げ、形を失っていく山肌を目撃した間者達は震え上がった。

これほどまでに砲声が続くということは、潤沢な火薬を用意していることを意味し、金の無駄遣いにも思える実弾演習が自分たちに向けた示威行為であると理解する。

城壁や石垣に見立てて作られた石積みが、易々と破壊されていく光景を目にした間者達は、もはや織田家は複数の家が集まれば打倒できる相手ではないことを痛感する。

しかし、そんな砲兵部隊にも弱点は存在した。

間者達は砲兵部隊の進軍と展開に膨大な時間を要することを見抜いている。

つまり、砲兵部隊に張り付いて監視していれば何処を狙っているかを把握でき、また奇襲を仕掛けて潰すことも可能だと考えた。

大砲とはなるほど大した射程と、恐ろしい破壊力を持ち合わせているが、一度懐に入ってしまえばその大威力が故に接近した際に使用できない。

間者達は自軍の騎馬での突撃に対して、為すすべなく蹴散らされる大砲部隊を幻視せずにはいられない。

値千金の情報を得たことに満足した間者は、引き続き監視を続ける者を残すと方々へと散っていった。

「良き働きであった！」

西国の慌てようを知った信長は、満面の笑みを浮かべていた。

静子及び光秀が派手に動けば動くほど、彼らは多くの間者達から監視されることになるが、同時に彼らの一挙手一投足に敵国は振り回される。

差し迫った脅威が存在する故に、信長に対する監視を甘くせざるを得ないのだ。

また信長は御馬揃えを終えて以降、安土城へと入城して鳴りを潜めていた。

「毛利の連中がどんな顔をしているのか、それを見ることが叶わぬのが残念じゃ」

「それはもう、蜂の巣をつついたような大騒ぎでしょう」

信長の茶飲み相手を務めている森可成《もりよしなり》は、少しおどけたように応じる。

そして実際に西国では各国の国人たちが右往左往していた。

東国征伐で猛威を振るった大砲の噂は、民たちを通じて漏れ聞こえていたのだが、荒唐無稽《こうとうむけい》な与太話として一笑に付していたのだ。

それが丹波国という近場で、まるで見せつけるかのように実弾演習をしている。

その凄まじさを複数の間者が同様に報告してくるのを受けて、彼らの尻に火が付いた。

これまでであれば敵の大軍が迫ってきたとて、城に籠って防戦を続ければ時間稼ぎ程度はできる。

それが高所も堀も、城壁さえも何の役にも立たないと知り、恐慌状態に陥ってしまったのだ。

「それで、静子殿に命じて京まで砲兵を呼び出した本当の狙いは何なのですか？」

「銃を知らねば銃口を額に当てられたとて恐れまい？　それと同じことよ」

信長の言葉に可成は舌を巻いた。あれほどの金と時間を掛けて兵を動かしておきながら、その狙いは大砲のお披露目に過ぎないと言う。

しかし、既に一線を退いたとは言え古強者である可成は、信長の真意を読み取っていた。

未知のモノに対する恐怖というのは、時間の経過と共に薄まり、更に己にとって縁遠いほどに陳腐化してしまう。

そこでその性能の一端を開示し、差し迫った脅威として正しく恐れさせるように仕向けたのだ。

「なるほど。良くわからぬモノを恐れ続けるのは難しいということですな」

「そうよ！　わしは、とりあえず城に籠って様子見をしようという奴らどもが慌てふためく様が見たいのじゃ」

信長は問題を先送りにする日和見《ひよりみ》主義者達に決断を迫る。

既に毛利攻略は消化試合の様相を見せている。ならば徒《いたずら》に時間を掛けるよりも効率的に進めたいと思うのは自明だろう。

そして織田家に対して対決姿勢を示さず様子見をしている国人達が一斉に軍門に下れば、その流れは一気に加速する。

「最早西国征伐程度に時間を掛けている暇はない。さっさと日ノ本を纏め上げ、伴天連《ばてれん》どものように広く世界へ打って出ねばなるまい」

「外国ですか、上様は何処《いずこ》を目指しておられるのでしょうか？」

「静子がわしにこれを献上した折より考えておったのだ。見よ可成！　広大な世界と比べて日ノ本の何と小さきことか！」

そう言って信長はかつて静子から献上された日本地図の巻末付録のページを開いて見せる。

そこには何度も広げられたのかクセのついた、折り込み形式でＡ３サイズに印刷された世界地図が載っていた。

一枚の長方形の紙の中に世界の全てを詰め込めるメルカトル図法で描写された世界から見ると、日ノ本は広大なユーラシア大陸の端に浮かぶ小島に過ぎない。

「わしらはこんなにも小さな日ノ本で覇を競っておるのだ。伴天連どもは、遥か西のこんな場所から日ノ本まで辿り着いておるというのにだ！」

そう言って信長はヨーロッパの辺りを指さして可成に示す。

ヨーロッパと日本との距離は直線距離にしても一万キロメートル以上離れており、アフリカ大陸南端の喜望峰《きぼうほう》を介して日本に至る航路の総距離となれば計り知れない。

この膨大な距離をお手製の海図を元に、数年を掛けて航海して日ノ本に至るのだ。航海技術の差は歴然としていた。

「今は交易に甘んじておるが、奴らとてこちらを圧倒できる算段が付けば日ノ本に攻め入ってこよう」

「その時に日ノ本だけで内輪もめをしていたのでは、到底太刀打ちできませぬな」

我が意を得たりと言わんばかりに信長は頷いた。この時点で信長の年齢は四十歳を過ぎており、当時の平均寿命からすれば人生は終盤戦と言える。

信長としては別段焦りなどしていないが、己の寿命が尽きる前に世界の広さを我が目に焼きつけたいと考えていた。

史実に於ける信長の享年は、『本能寺《ほんのうじ》の変』時点で四十八歳（当時は数え年であるため四十九とされることもある）だったとされている。

『本能寺の変』が起こった天正十年（千五百八十二年）まで残すところ三年を前にしているが、西国征伐の目途は立ったと言える状況にあった。

「それにしても静子は仕事を取り上げると実に良い働きをする」

「とおっしゃいますと？」

「大抵の者は、仕事を取り上げられれば信頼を損ねたと慌てよう。しかし、静子は泰然としてまるで慌てる様子を見せない。故にこそ周囲は動揺せずにはいられない。取り上げられた仕事に変わる大役を命じられたのではないかと」

主君より仕事を任されるということは、その仕事が重要であればあるほど信任が厚いと言える。

現在静子が信長より託されている一番の大仕事は東国管領であり、戦乱の傷跡が残る東国を纏め上げ繁栄させるという途方もなく重要なものである。

御馬揃えを成し遂げた褒美の特別休暇とは言え公表はされておらず、それまで忙《せわ》しなく動き回っていた静子が突如として隠遁《いんとん》生活を始めればどう思うだろうか？

何らかの不手際を起こしたか、それとも信長の勘気に触れて不興を買ってしまったのではないかとの憶測を生んでいた。

「静子の名は実に使い勝手が良い」

「は、ははっ」

朗らかに笑ってみせる信長とは対照的に、休暇すらも政治的に利用されてしまう静子を思うと笑みが引き攣《つ》らずにはいられない可成であった。


そのころ足満は土佐国にて鉱山技師と共に鉱床の試掘と、選鉱を繰り返していた。

選鉱とは、採掘した鉱石を有用なものと不用なものとに分別する作業を指す。

なぜ選鉱が必要かと言えば、一般に鉱石中に含まれる有用な鉱物は重量比にして数パーセントもあれば高い方であり九割近くが廃棄される。

足満の目的は鉄鋼製錬時に於ける添加物として用いるマンガンの確保であり、鋼鉄が製錬可能な高炉は尾張にしか存在しない。

つまりは採掘したマンガンを尾張まで輸送する必要があるのだ。その際には海運を用いて輸送するのだが、荷物は軽い方が良いのは自明だろう。

故に土佐国にて極力選鉱を繰り返し、マンガン鉱石ないし金属マンガンまで製錬した状態で輸送したいと考えていた。

特に今回出土している菱マンガン鉱は、焙焼《ばいしょう》と呼ばれる工程を経ることにより、飛躍的に品位（鉱石中に含まれる目的の鉱物・金属含有量。1トン中に含まれるグラム数で評価される）が上昇するという性質がある。

その為、足満は土佐国内で三段階の選鉱を実施しようと考えていた。

第一工程は採掘した鉱石を粉砕し、その粒度及び色彩を確認することにより目視で選鉱する。お目当ての菱マンガン鉱は鮮やかな赤色を呈することが多いため、容易に目視で選別することが可能である。

第二工程として鉱石粉末を流水に晒し、比重により沈殿する速度の違いから鉱石を選り分ける比重選鉱を行う。

実際に砂金や砂鉄の選別などで有名なパンニングはこの原理によって行われている。

第三工程として鉱石粉末が溶解しない範囲で空気が存在する環境下にて加熱処理を行う焙焼選鉱だ。

ここまで選鉱処理を繰り返せば、鉱石粉末中のマンガン品位は選鉱前と比べて数十倍程度には高まっているため輸送効率が上がるのだ。

「概ね選鉱手段は決まったが、採掘と選鉱を大規模に行うとなれば工場を建設した方が良さそうだ」

「鉱石を粉砕するにあたって人力や水力では余りにも非効率ですから、動力機器を尾張から持ち込む必要がありますね」

「そもそも採掘に関しても人力に頼る部分が多いため、多くの人夫を雇う必要があるな」

足満は鉱山技師と打ち合わせをしながら周囲を見渡していた。

今回発見された鉱山は、山間部ではなく比較的沿岸部に露頭しており、足満の視界には地元の漁師たちが漁港付近で働いている姿があった。

「あれは何をしているんだ？」

足満が長曽我部《ちょうそかべ》から派遣されている地元の案内役に問いを投げかけると、彼は答える。

「あれは夏に漁獲した鰹を加工して、鰹節を作っている小屋になります」

「ほう、鰹節か！」

「ご存じでしたか？　生魚のままでは保存が効きませんが、煮上げて何回か燻《いぶ》し、乾燥を繰り返せば腐らない鰹節になるのです」

「鰹節を薄く削って出汁を取れば、煮物なども美味くなるな」

「そうですね、それでもカビは生えますので手の空く冬の間に燻しては乾燥させているのです」

「ん？　わざとカビを付けて熟成させるのではなかったか？」

「さて？　そのような話は聞き及んでおりませぬが……」

思案顔になった足満は、これから建設予定である選鉱場の就労人員確保及び、その衣食住を賄《まかな》う手段について頭を巡らせ始めた。


少し時は遡《さかのぼ》り、御馬揃えが終わって静子が一週間の特別休暇から復帰したころ。

各地から御馬揃えの為に上京してきていた面々は、各々国許へと帰っていった。

静子軍に関しても予定されていた会談を半ばあたりまでこなした処で、京屋敷を運営できる程度の人員を残し、他は尾張へと帰還するよう命じた。

これは静子が京に留まることで、尾張での業務が停滞しないようにするための措置である。

そこから更に一週間が経過する頃には、最低限の手勢の他は必要なくなったため信長に断りを入れた上で尾張へと向かわせた。

そんな静子軍が帰還するにあたって敵側の間者達は神経をすり減らしながら監視を続けている。

彼らの関心事は専《もっぱ》ら大砲の行方についてである。

静子が尾張から呼び寄せた大砲部隊の大半が光秀に貸与されているとは言え、静子の京屋敷内の練兵場に何門もの大砲が存在していることを間者達は目撃していた。

その大砲がある日を境に突如として姿を消したというから大変だ。たとえ一門きりだったとしても城壁を穿《うが》ち、石垣を抉《えぐ》る大砲の存在は無視できない。

長大な砲身とそれを運搬するための大がかりな車両の存在を考慮すれば、何処へ隠そうとも人目には触れるはずだと間者達は血眼になって探しているのだ。

「あっはっは！」

一方で、消えた大砲のカラクリを静子から聞いた慶次は大笑いしていた。

敵方の間者達が暗躍していること及び、大砲の存在が注目を集めていることを報告されていた静子は一計を案じて実行したのだ。

「そんなに面白い処は無かったと思うんだけど？」

「いやいや、充分に面白いし痛快だ。まさか尾張に帰還する家臣達が曳いていた荷駄が大砲だったなんて皮肉が利いている」

大砲はとにかく長大な砲身が特徴的であり、そう簡単にその存在を隠すことはできない。

そこで静子はそれを逆手に取って分解した大砲を組み替えて荷車にしてしまったのだ。

荷車の籠部分を底で支える心棒に砲身を用い、大砲を動かすための車輪などはそのまま荷車の車輪へと流用し、機構部分は取り外して行李に詰めると荷物に偽装した。

そこに実際に帰還する兵士たちの荷物や食料・物資なども一緒に積み込んでしまえば、過積載

からか鈍重な荷車の出来上がりというわけだ。

敵側の間者達は大砲の形を探し求めて尽力するが、その全てが徒労に終わる。

実際には彼らの目の前をゆっくりゆっくり通過していく荷車そのものが大砲であるという、見えているのに見つけられない状況が皮肉に思えて慶次は笑いが止まらない。

「そう何度も使える裏技じゃないから、ここぞという時に使ってみたけど予想よりも効果的だね」

「奴らが大砲の行方をめぐって空回りしている間に、明智日向守《ひゅうがのかみ》殿が目的を遂げるという訳か」

「大砲の存在感が増したから、その行方については神経質にならざるを得ない。そして消えた大砲について見落としを疑い始めたら最後疑心暗鬼に陥るよね」

少々、否かなり信長の手のひらで転がされた感が拭えない静子だったが、元より利用されることに対する不満はない。

「ところで話は変わるんだけどね。つい最近、花街で喧嘩があったらしくてね。何と相手は九人もいたのに、たった二人に負かされたらしいんだよ」

「それは大変だな。で、その喧嘩がどうかしたのか？」

軽口で返す慶次だが、若干表情が引き攣っていることを静子は見逃さなかった。その二人が慶次と長可の二人であることを静子は報告されているのだが、敢えて口には出さず自白するのを待った。

「普通なら喧嘩に負けただなんて恥ずかしくて隠そうとするよね？　でも、今回のお相手はそうでもなかったようなの。何故かその喧嘩で負った傷があまりにも重症だったとして責任を取るよう求めているんだって」

「ほうほう、つまりは当人同士の喧嘩では済まさずに事件として訴えたいってことか？」

「うん、でも目撃証言とお相手の話の内容があまりにも食い違うから受け付けなかったよ」

京の花街で起きた喧嘩は、その発生から二日と経たたぬ内に全貌を静子が知るところとなっていた。

報告によるとタチの悪い客が遊女たちに乱暴しようとしたのを、慶次と長可の二人が咎めたのが発端だった。

衆目がある中、公然と咎められたことで逆上し、大人数で襲い掛かった末に返り討ちにあったというだけでも情けないのだが、厚顔無恥にも静子に対して責任を取るよう抗議してくるのは予想外であった。

「訴えを却下する際に、当事者同士で損害賠償請求する分には止めないって言い添えたから、数日の内に何か仕掛けてくるかもよ？」

「その当事者ってのが誰かはわからないが、そんな恥知らずに煩《わずら》わされて可哀想なこった」

慶次の返しに静子は筆を止めると小さく息を吐いた。

「これ以上の大騒動に発展しても嫌だから、徒党を組んでの私闘をした場合には相応の罰を与える旨は通告しておいたよ」

「そうすると残る手段は一騎打ちか、闇討ちかだな」

静子の馬廻衆である慶次も長可も、いずれも音に聞こえた武芸者である。数を恃《たの》んで奇襲してすら負けたというのに一騎打ちは選べまい。とするなら残る手段は闇討ちしかあり得ない。

幸いなのか何なのか、慶次にしても長可にしても割と頻繁に夜遊びをするため、闇討ちをする機会には事欠かない。

「そうだね。流石に闇討ちとなれば逆襲されて命を落としたとしても文句は言えないよね」

本来、武芸者に喧嘩を売るということは、互いの矜持《きょうじ》を掛けての戦いとなる。

誰の目にも明らかな決着というのは、どちらかの死を以て付けられることが多い。

しかし、今回の喧嘩では重傷者こそ出たものの、誰一人として死んではいない。

彼らはそのことを重く受け止めるべきであったのだが、頭に血が上ってしまったのか反省することができずにいたようだ。

「良いのか?」

「折角拾った命なのに、それを無駄に捨てる者にかける情けはないわ」

一方的に叩きのめされて面子が立たないと考えるのは理解できる。

しかし、彼らと同様に長可にも名門森家直系としての面子がある。道ばたでいきなり襲いかかられて、果たして彼が相手を殺さず捕縛するだろうか。

そう考えた静子と慶次はすぐ同じ答えに辿り着いた。

「平和になると武威を示す機会がなくなるから、こういう小競り合いが多かれ少なかれ起きると考えてはいたけれど……」

「静子!!」

静子が言葉を紡いでいる途中、それをかき消すかのような長可の怒声が響き渡った。

声色を聞いた二人は、既に手遅れだったと同時に察した。


結論から言えば、長可には一切のお咎めなしという沙汰が下された。

夜道で突然斬りかかられ、やむを得ず反撃したという長可の言が認められたからだ。

彼の証言を裏付けるように、花街の住人たちが多く証言をしてくれたというのが大きい。

しかし、市街地で暴れた上に人死にまで出たとなれば当然信長の耳にも入ってしまう。

信長は報告を耳にした際、目に見えて顔色が変わる程に激怒したという。

信長にとって京の治安が保たれているということは、天下統一に於いて重要事項であり、それを妄《みだ》りに破らんとする者は反逆者に等しい。

ここの処、ご機嫌が良かっただけに周囲の人間はその落差に震えあがった。

その信長の怒りを知った静子は、これ幸いと言わんばかりに信長のご機嫌を伺うという大義名分を掲げて京を後にした。

「義父上《ちち》も随分と手を回してくれたけれど、朝廷の足止め工作がねちっこくて困っていたんだよね」

面倒な会談さえ済めば、さっさと尾張に帰りたかった静子だが、朝廷はあれやこれやと理由を付けて静子を京に引き留めようとしてきた。

義父である前久も尽力してくれたのだが、関白の意に逆らってでも静子と縁を得たいと望むものが多く、全てを抑えることができなかった。

そろそろ強硬手段に訴えるべきかと思案していた折に、今回の事件が勃発した。

その結果として信長が激怒しているとなれば、当事者の主君としては弁明に赴かねばなるまい。

流石の公家達も、前久だけでなく信長の怒りを買ってまで引き留めることはできず、静子は無事に京を脱することができた。

こうして安土へ到着すると、静子は即座に信長へと遣いを出す。

「登城は不要。貴様は任を全うせよ」

しかし、信長からの返事はそもそも安土城へと来ることすら無用だというものだった。

返事の内容から判断するに、信長の激怒は朝廷に対するポーズであり、何かしら狙いがあって周囲に怒りを見せているのだと理解した。

それを理解した上で再度使者を遣わし、登城しての謁見を願い出る。

すると静子の予想通り、今度は書状すらなく使者に対して当分は会うつもりがない旨、かなり立腹である様子で伝えられた。

一見すると、信長から不興を買ったようにも思えるが、実際には「静子ですら面会が叶わぬほどに信長が立腹である」と周囲に示すための行動だった。

こうすることで京で愚行をするものに警告し、綱紀粛正を図るというのが信長の狙いだ。

信長の思惑はどうであれ、静子は一芝居打った後、尾張へと帰還する。

「お帰りなさいませ、静子様」

彩や蕭の出迎えを受けつつ静子は自邸へと帰りついた。

旅の疲れを落とすべく入浴を済ませた後、静子は報告書を読みふける。

特に大きな問題はなく、謙信や家康《いえやす》の許への技術者派遣、関東の地形調査などは順調に事が進んでいた。

足満からの報告書に於いて選鉱場の他に、鰹節工場も建設したいとあり少し混乱したものの許可することにする。

未だ小競り合いは東国の各地で起こっているが、それでも戦国時代が終焉を迎えつつあると静子は考えていた。

しかし、この時期の対応を誤ると武官と文官との間に修復不可能なほどの深い溝を刻むことになりかねず、注意深い対処が求められる。

こうした確執は時間とともに激しさを増し、最終的には戦乱状態へと逆戻りすることになりかねない。

（家督を四六《しろく》へと引き継いだらあっさり崩壊って言うのは二代目あるあるだよね。学校での成績は優秀であり、後継者としての態度も堂々としたものであると聞く……そろそろ本格的に経験を積ませる時期かな？）

少々不安は残るが、いつまでも子ども扱いは四六に対して失礼だと静子は思う。

「四六を呼んできて」

小姓に四六の呼び出しを命じた。

唐突な呼び出しだが、幸いにして在宅していた四六はすぐさま静子の許へと駆けつける。

「お呼びでしょうか母上」

颯爽《さっそう》と現れた四六が、軽妙な所作で静子に礼をした。

器《うつわ》と同様に長足の進歩を見せる四六は、若い衆の間では既に一定の支持を受けており、それが自信に繋がったのか、己を卑下するような雰囲気が薄れていた。

「ええ。そろそろ貴方の元服をする頃合いかと考えているのですよ」

四六はかつて彼が宣言した通り、静子の後継者足らんと日々努力を積み重ねていた。

しかし四六は未だ元服を行っておらず、その一点のみが家臣から懸念すべき点だと思われている。

今更詳しく語るまでも無いが、元服とは武家の男子に於いて成人となるべく行う通過儀礼だ。元服を経て初めて周囲に大人として認められるため、それまではどれ程の功績を上げていようとも半人前の扱いとなる。

それほどまでに重要な儀式なのだが、今までは四六本人の意向によって行われていなかった。

「貴方の希望通り、元服を先延ばしにしてきましたが流石に限界です」

「承知いたしました。母上のご期待に添えるよう、一層奮起致します」

静子としては説得が必要かと考えていたのだが、あっさりと四六は元服に同意した。

彼女が訝《いぶか》し気な表情を浮かべていることに気付いた四六は、少しはにかんだ様子で語った。

「偉大な母上の後継者となるのです。周囲から元服を待望される程度には人望を集めねば、とても名乗れませぬ」

「そういうことですか」

己に自信がないからというのが先延ばしの理由かと思っていたが、四六は静子が考える以上に後継者としての立場を固めようとしていた。

彼の言う通り、周囲が四六に元服を求めるということは、成人して静子の後継者になる事を期待していると言えた。

「四六、貴方の覚悟はわかりました。ならば母から言う事はありません。元服後、後継者として相応しいと認められるように頑張りなさい」

「承知しました」

四六の返答に静子は若干の寂しさを覚えつつ頷いた。

科学という名の幻術

「半月後までに幻術（現代でいう手品）を用意せよ」

　唐突に静子の許へ信長からの朱印状が届いた。どういった経緯でそのような命令が発されるに至ったのかさっぱりわからない内容に、朱印状を託された使者すらも困惑を隠せない。

　何故なら使者自身も朱印状の内容を知らされておらず、静子から信長の意図を問われたところで満足な回答をすることができなかった。

　早々に当人に問い合わせることへと方針を切り替えた静子は、定時連絡の際に信長との会談を申し込む手続きを取る。

「お役目ご苦労様でした。返書を準備させますので、しばらく控えの間にてお待ちください」

「は、はっ！」

　使者が己の不甲斐なさを恥じながら退出するのを見送った静子は、元凶である信長の望むところを探り始める。

　どういった経緯があるにせよ、信長が幻術を望むのであればそれに応えて見せるのが家臣の務めであろう。

　戦国時代から見て未来の知識を持つ静子からすれば、小手先の知識でいくらでも手品など披露できるのだが、派手好みの信長が地味な幻術に満足するはずもない。

たとえば現代人ならば小学校で習うような『ヨウ素デンプン反応』であっても、この時代の人々からすれば食物が突如として青紫に変色する現象は不思議に映ることだろう。

見ごたえがあって、尚且つ他の誰にも真似できず、誰が見ても不思議に見える現象を起こせれば信長のお眼鏡にも適うかも知れない。

幻術を考える上で主眼に据えたのが『十分に発達した科学技術は魔法と区別がつかない』というクラークの三法則だ。

手品だってタネを知ってしまえば陳腐に思えるのだから、この考えは間違っていないと言えるだろう。

更にはその不思議さが視覚的に伝わり、またそれほど大掛かりな仕掛けを必要としないものであることが望ましい。

「史実にあるように上様が果心居士《かしんこじ》に惑わされたのかと思ったけれど、どうも上様が面白がっている気配がするんだよねえ……」

そんなことを言いながらも静子は視覚的に面白い実験を思い出した。

それは一般的に『粉体の流動性』といわれる科学現象を用いた手品となる。

具体的にはガラス水槽に半分ほど滑らかな砂を満たし、予《あらかじ》め型を取って樹脂で造形した仏像に塗装を施した物を埋めておく。

完全に均《なら》した砂の上に石製の地蔵尊を置いたら準備が整った。

この状態でガラス水槽を外側から叩くなどして振動を与えると、重い地蔵尊は徐々に砂の底に没していき、逆に軽い樹脂製仏像が浮き上がってくるという不思議な現象が発生する。

ただ明らかに外から叩いて振動を与えていては、変化も緩やかかつ現象に振動が関与していることがバレバレなので別の手段を取る。

それが鉱山採掘でも実用化されている電動の送風機を利用する方法だ。

水槽の底に穴を空け、シロッコファンと呼ばれる仕組みを回転させることで風を砂の底へと送り込む。

すると送り込まれた空気がまるで水中に於ける泡のように振る舞い、砂の粒子の間を抜けて上へと昇っていく。

樹脂製のチューブを接続された送風機が唸りを上げるとチューブ先端に接続されたエアストーンから気泡が生じ、たちまち砂の粒子が液体のように振る舞う液状化現象が発生する。

砂の粒子同士を個体のように繋ぎとめていた摩擦力が気泡によって空隙が生じることで失われ、瞬く間に地蔵尊が砂底に沈んで樹脂製の仏像が浮かび上がった。

欠点としては送風機が立てる騒音が凄まじく、何らかの音を立てる存在の関与がわかってしまうことだ。

しかし、この程度の問題であれば送風機と砂底を繋ぐ樹脂製チューブを長くすることで、音源を水槽から離して音が漏れないよう隔離すれば対処できる。

「全力で押し込んでも少ししか凹まないぐらいに固く締まった砂が、手のひらでかき混ぜられるぐらいになるなんて不思議だよね」

まるで沸き立つお湯のようにボコボコと気泡が弾ける砂の表面へ静子が手を差し入れると、あれほど固かった砂に対してあっさりと手首まで沈み込む。

そうしている間にも比重の軽い樹脂製の仏像は波間を揺蕩《たゆた》う木の葉のように砂の海に翻弄《ほんろう》されていた。

砂の海から手を引き上げた静子の合図によって技術者が送風機のスイッチを切ると、それまでの振る舞いが嘘であったかのようにたちまち砂は元の状態を取り戻す。

これをショーとして成立させるには一工夫が必要だろう、たとえば仕込みが終わった状態の水槽を布などで覆い隠して観客の視線を切る。

次に怪しげな呪文などを唱えるふりをしつつ合図を送り、送風機を数秒ほど稼働させてから停止したのを確認して覆いを外せば地蔵尊と仏像のすり替えマジックが成立するという具合だ。

観客視点から見れば、一切手を触れていないにも拘わらず石の地蔵尊が消えて代わりに黄金色に輝く（塗装でそう見える）仏像が現れたかのように映る。

「これが大規模になると洒落にならない災害になるんだから恐ろしい……」

歴女であった静子は天正年間に大地震が発生することを知っている。この時点から数年後には

『天正大地震』と呼ばれる中部地方を襲う巨大地震が発生するのだ。

この地震で伊勢国に存在する長島城《ながしまじょう》は倒壊し、桑名《くわな》宿が正にこの液状化現象によって壊滅的な被害を受けることになる。

自然が持つ圧倒的な力に対して静子ができることは限られているが、それでも高い確率で訪れる未来への備えはしておこうと心に留め置く。

「よし！　送風機の騒音も解決できたし、これなら上様もお気に召されるかな？」

それから静子は大ぶりな風呂敷を水槽に掛けてデモンストレーションを何回か行った。

空気が送り込まれるため、どうしても若干風呂敷が膨らむのだが送風機が止まったことも膨らみで判別できるため良しとする。

こうして視覚的に面白く、誰にも真似できない幻術が完成した。

信長から指定された期限は半月とあったのだが、既に存在するものを組み合わせるだけで幻術が完成したため朱印状の到着から三日しか経っていない。

静子は早速その日の定時連絡にて信長へと依頼完了の連絡を送り、恐らくやってくるであろう信長の来訪を待った。

「上様のことだから、絶対自分の目で確認するために来訪されるわ。早ければ明後日の可能性もあるから準備して下さい」

「承知しました」

静子の指示を受ける小姓も慣れたもので、信長のお忍びを受け入れる準備を始める。

そして静子の予想通り信長は報告を受けた日に全ての予定に都合をつけ、翌日に安土を発つと翌々日には尾張に乗り込んできた。

余りの強行軍っぷりにお付きの者達が疲弊しきった表情を浮かべているのも無理からぬことだろう。

静子は小姓に告げて彼らを十分に労うよう言い渡すと、早速信長と茶室へと向かった。

静子邸併設の茶室は、その立地上建物に近づけば人目に留まるよう設計されており、密談をするならここをおいて他には無い程の施設だ。

「いつも口を酸っぱくして申しておりますが、いくら我が家とはいえもう少し慎重な行動をお取り下さい」

静子は信長の身を案じて進言するものの、信長は毎度の事なので煩そうに応じるのみだ。

そもそも尾張の町全体が要塞として機能するようになっているため、尾張の中でも一際警備の厳しい静子邸まで敵方が近寄ることは困難なのだが、それでも万が一はあり得るというのが静子の談だ。

何故ならば人の心までは縛れないため、万に一つでも信長に敵意を向ける者が現れた場合、『本能寺の変』が『近衛邸の変』になってしまうという恐怖が常にある。

「貴様が裏切らぬ限りは何とでも対処できる。そして貴様が裏切るようでは天がわしの覇業を認めなかったと諦める他あるまい」

「私は上様を裏切ろうと思いませんが、余人がそうであるとは限りません。もし身近に悪意ある者が紛れこんでいたらどうするのですか？」

「わしとてひとかどの武人よ、その時は斬って捨てるまで。そして貴様は何故そうまで裏切らぬと言い切れる？」

「だって面倒臭いじゃないですか！　尾張一国を盛り立てるだけでもこんなに苦労しているのに、天下なんて私の手に余ります」

　静子は信長の覇業に興味があったが、彼に成り代わろうなどという気持ちは欠片も持ち合わせていなかった。

　彼女にとって道半ばにして世を去った信長が「もしも天下統一を果たしていたら」という歴史のｉｆが現実のものになるのは喜ばしいことだが、自分がそれほどの苦労を背負いこむのは遠慮したいというのが本音だ。

　こういう考えであるため、静子は己の全身全霊を以て信長の天下統一に協力し、たとえ劣勢になろうとも一度として見放すような判断をしなかったのである。

　端的に言えば信長の天下統一は静子にとって趣味と実益を兼ね備えた物語であり、それを破綻させるような破滅願望を彼女は持ちえない。

「男ならば誰しも一度は夢に見る天下人も、貴様に掛かればただの苦労人という訳か。貴様がわしを支えてくれるならば、尾張でわしに害意を向けるものなど現れぬよ。それよりもあの幻術師の鼻を明かせるものは仕上がっておるな？」

「……つかぬことを伺いますが、上様と幻術師との間に一体どのような経緯《いきさつ》があったのでしょうか？」

「確か宗久《そうきゅう》（今井《いまい》宗久のこと、堺の豪商であり茶人）の紹介とやらで幻術師がわしを訪ねてきたのだ。なるほど確かに奴が扱う幻術は一級であり、誰もがその手腕を褒め称えた。しかしな、わしは奴の態度が気に入らぬ。自らに並ぶものは居《お》らぬと豪語し、不遜に振る舞う様がどうにも目に余る。ここは一つ年長者として、奴の鼻っ柱をへし折って世の広さを知らしめてやるのがわしの務めよ」

（要するに幻術のタネがわからなかったことと、それを暗に馬鹿にされたのが気に入らないんですね。いきなりお手打ちにしなかっただけマシなんでしょうが……）

静子の見立てでは信長が件《くだん》の幻術師を気に入らないのは同族嫌悪であろう。若さゆえに増長し、不遜な振る舞いをしていた過去の己を直視するようでイライラするのだと考えた。

しかし、静子は当然そんな藪蛇の指摘をせずに問いを投げかける。

「それで、彼が自信を喪失して幻術師をやめるのが上様のお望みですか？」

「わしに叩き潰された程度で諦めるのなら、所詮そこまでの男であっただけの話よ。挫折して尚立ち上がり、泥水を啜《すす》ってでも研鑽《けんさん》を重ねたものだけが一流となるのだ」

「なるほど、上様はその幻術師に期待しておられる訳ですね」

なんだかんだ気に入らないと言いつつも、己に似ていて才気走る幻術師を認めてもいる様子の信長に、余計な指摘はしないことにする。

恐らく信長も若い頃にそうして上には上がいるという挫折を乗り越えた末に、ここまでなり上がったという自負があるのだろう。

自ら立ち塞がる障害を買って出た信長の心意気は理解できたが、突然大雑把な命令で巻き込まれるのは勘弁願いたい話だった。

「ほう！　これが貴様の考えた幻術か？」

本来茶室に備え付けの茶釜がある辺りに、半分ほど砂を満たした水槽が鎮座しているのを見た信長が問いかける。

信長の気性からして原理などを説明する前に一度手品を披露してしまった方が良いと理解している静子は早速始めることにした。

「この玻璃《はり》（ガラス）の容器に入っている砂の上にこうしてお地蔵様を置きます」

次に静子は大きな風呂敷を取り出すと容器全体を覆い隠すようにしてみせ、大きく二つ柏手を打った。

「それで？　何も起こっておらぬではないか、何が幻術だと申すのだ？」

「細工は流々仕上げを御覧あれ」

珍しく茶目っ気を見せる静子に毒気を抜かれた信長は、立ち上がりかけた姿勢から再びどっしりと座り直した。

それっと一声掛けて静子が風呂敷を取り去ると、先ほどまで砂の上に鎮座していた地蔵が消え去り、少し砂を纏った金色の仏像が姿を現しているではないか。

思わず目を見開く程に驚いた信長は、黙したまま立ち上がると水槽をぺたぺたと触って確かめ始めた。

静子はこうなった信長には余計な茶茶を入れずに、彼が満足するまで好きにさせる方が良いと学んでいる。

「そうか！　床下に誰ぞ潜んでいて、風呂敷で隠した際に入れ替えたのだな？」

信長は静子に対してどうだと言わんばかりに確認した。

「いいえ上様。お疑いならば、その容器を水槽と呼びますが、そちらを持ち上げて下さればわかります」

静子の応えを受けた信長は、早速水槽を持ち上げた。予想よりも少々重かったが、それでも信長の逞しい両腕はあっさりと水槽を持ち上げて見せる。

水槽底部の側面に何やら奇妙な蛇の抜け殻みたいなものがぶら下がってはいるものの、下から手を入れられるような隙間が存在せず、水槽のあった場所の下も人が潜めるようにはなっていなかった。

信長は明らかに異質なチューブに目を付けて中を覗き込むが、先端付近に逆止弁が設けられているため何も見えない。

「ふっ、実に見事じゃ。それで、如何にして幻術を成したのだ？」

「それでは改めて風呂敷で隠さずに御覧いただきます」

そう言って静子は再び水槽を元の位置に戻し、何やら畳をめくって奇妙な箱から伸びているチューブと水槽から伸びるチューブを繋ぎ合わせてクリップでとめた。

改めて静子が二つ柏手を打つと、突如として砂が沸き立ち始めるではないか！

その不可思議な光景に度肝を抜かれた信長が絶句していると、静子は己の手を砂の中に差し入れて砂の中から石の地蔵を取り出してみせた。

そして再び柏手を打つと砂に生じていた変化が止まる。

砂の上を漂うようにしていた仏像を取り上げて、砂を掘って埋め直すと手で押して砂の表面を押し固め、その後に石の地蔵を置いた。

「これが最初の状態です。上様が来られる前に既に仏像は砂の中に埋まっていたという訳です」

「そんなことより、先ほどの砂は何がどうなっておるのだ！　まさか本当に妖術なのか!?」

「いえいえ上様。これはれっきとした物理現象、知識と設備さえあれば誰にでも再現可能な事象に過ぎません」

そうしてまたしても静子が柏手を打つと、再び砂が沸き立ち始めるや石の地蔵が砂中に没し、代わりに金色の仏像が浮き上がってくる。

　実際に目にしていても理解できない光景に、信長は狐狸《こり》の類《たぐい》に化かされているような気分にさえなってきた。

　再び柏手を打った静子が装置を止めて解説を始める。

「これは砂のように小さな粒と、物体の重さによって起こる現象です。幻術では無く手品と言いますが、実はこのように外から揺らすことでも再現できます」

　そう言って再び仏像を砂に埋めた静子が、水槽の外側を何度か叩き続けると徐々に砂の中から仏像が浮き上がってくる。

　早速自分でも試してみたくなった信長が水槽に取りつくと、静子から仏像を受け取りその余りの軽さに驚くこととなる。

「実は金色に塗っているだけで、中身は空洞の樹脂製ハリボテなんです。その軽さが浮き上がってくる原理です」

　そうして静子はこの一連の手品に関する原理を説明し、何度も繰り返して再演して見せた。

　信長はその都度、砂の中に自らの手を突っ込んでかき回して見せたり、自らの懐中時計を砂の中に沈めてみせたりもした。

　ひとしきり実験を繰り返して満足した信長が喉の渇きを覚えて茶を所望したため、静子は水槽をどけて普通に茶を沸かして差し出す。

程よい熱さの煎茶をゆっくりと飲み干した信長は一息つくと、改めて口を開いた。

「実に興味深い手品であった。しかし、その送風機とやらが合図を送らねば動かせぬというのが片手落ちよな。一人でも離れていて操作できるようにすれば、手軽に披露できよう。それよりも腹が減ったな、何ぞ旨いものを頼めるか？」

「承知いたしました」

結局信長から更なる改良を申し付けられ、送風機のスイッチを己の手許まで延長して畳の隙間に固定し、足で踏むことによって操作できるようにすることとなった。

改良するには暫く時間を要するため、信長はその完成を見届けるまで数日に亘って散々飲み食いをした後に安土へと戻っていった。

信長が帰った後、彼の歓待に時間を割《さ》いていたため手付かずの仕事が山のように積もっていることを想像していた静子は己の私室へと向かう。

そして実際に自分の文机《ふづくえ》に着くと、決裁待ちの書類の山が何処にも存在せず、ただ一枚の紙が裏を向けて置かれていることに気が付いた。

静子がその紙を裏返すと、豪快な筆致によって全ての書類を信長の権限に於いて決裁した旨が記されていた。

ここに至ってようやく静子は気付かされる。信長が彼女を数日振り回したのは、仕事中毒の彼女を強制的に休ませるためであったのだと。

「やられた！」

何もかも信長の手のひらで踊らされていたことに気付いた静子は、頭を抱えて叫ぶのだった。

幕間　耳嚢《みみぶくろ》

戦国ファッションショー

静子邸に於いて『金庫番』と言えば彩のことを指すのは周知の事実だ。

静子が保有する個人資産は既に大国の国家予算をも上回るほどになっており、その出納《すいとう》管理を一任されている彩の重要性は語るまでもないだろう。

いかなる組織でも同様だが、金に関する決定権を持つ者は大きな権限を持つことになる。

そして貧しい生まれながら、目が眩《くら》む程の大金を前にしても泰然と職務を全うする彩の姿に静子は勿論、彼女の配下たちも信頼を寄せている。

経理や財務の仕事というのは地味な作業が多く、苦労の割に華やかさが無い役職だが彩には不満などなく、むしろ誇りにさえ思っていた。

概ね己の置かれた環境に満足している彩だったが、一つだけ厄介ごとを抱え込んでいた。

「却下します」

それは静子の思い付きによる突拍子もない予算執行に振り回されることだ。

公人である尾張領主として立派な働きを見せる静子だが、プライベートなこととなると稀に突拍子もないことを思いついて実行したがる悪癖があった。

莫大な利益を上げる事業を幾つも手掛ける静子の姿からすれば意外かもしれないが、それは入念な下準備と根回し及び事業計画に沿って仕事を進めているからであり、ふと思いついたアイディアを実行するとなればボロも出ようというものだ。

そしてそんな静子の思い付きは、お目付け役兼金庫番へと予算の相談をする際に、前述のように彩に堰《せ》き止められるため大事には至っていない。

彩としても静子が彼女の私財をどのように使おうと本来口出しすべきでは無いと考えているのだが、今の静子には公人として立場があるため、余りにも愚かしい行動には待ったを掛ける必要があった。

「いやいや、今回の計画はそんな変じゃないでしょう？　誰が見てもうちの家人だとわかるように、制服を誂《あつら》えようって話だから」

珍しく静子が彩の裁可に対して抗弁する。今回の計画については彩を説得し得るだけの算段があるのだろう。

「必要性は理解しています。しかし、何故女子《なにゆえおなご》に限定したものなのですか？　その理屈であれば、殿方についても同様に誂えるのが妥当でしょう」

「だって、彩ちゃんの洋装が見た……ゴホン！　ほら、古典にも『隗《かい》より始めよ』って言うでしょう？　まずは私や私に近しい人達が範を示すことが大事だと思うんだよね！」

あからさまに静子の本音が透けて見えたが、空気の読める彩は聞かなかったことにして静子の案を改めて吟味する。

現在静子邸に詰める家人は数十人と多くなり、その出自もまた貴人の子女から百姓の出など様々だ。

当然各々の財力によって身の回りの品に優劣が生じ、その格差が外見に出ているという問題があった。

ただし、静子は家人に対して十分すぎる給金を払っており、流石に見窄《みすぼ》らしいと思われるような恰好の者は存在しない。

それでも名家の子女である蕭が纏う衣装と、農民上がりの事務方の職員が纏う衣装が同じであるはずがない。

それを女性職員だけでも全員一律同じものにしようというのだから革新だと言うほかは無いだろう。

彩としても制服が生み出すメリットは把握している。

全員が同じ衣装を纏うことで連帯感が生まれ、また外部の者が一目でわかる警備上の利点もある。

更に領民に対して周知が進めば、静子邸の家人に対する好待遇は知れ渡っているため、民たちも憧れを以て家人を見るようになり、家人たちも自ずと己の仕事に誇りを持つようになる。

「それに食事や筆記用具、日用品なんかの消耗品を支給しているんだし、ここで働くに際して必要となる衣類も支給したっておかしくないでしょう?」

「そうであるならば、尚更公金から支出すべきだと申し上げているのです」

彩が問題視しているのは、領主としての事業であるにも拘わらず何故か静子が私財を投じようとしている点にあった。

静子はお金を稼ぐ才覚があるが、使うとなれば下手の部類である。静子が私財を投じることは、信長からも推奨されているのだが、公私混同しているのでは本末転倒だ。

「いや……あの、実験的なことだから……その、正式に決まったら公金から出すということで……」

静子は露骨に彩から目を逸らし、何やらもごもごと小声で呟いている。

彩は呆れた表情でため息を吐いた。

それも含めて予算を立てて、公金で賄うべき事業であろう。

そもそも静子邸での制服が決まるとなれば、領主の面子もあって相応に金の掛かった衣装となる。

　そしてそれは体格も様々な家人が着用し、洗濯をしている間の予備も含めて相応の数を準備する必要があるだろう。

　更には破損や紛失なども当然考慮されることから、定期的に供給すべき一大事業となるのは目に見えている。

　莫大な金が動く話である上に、静子邸に制服を卸しているとなれば誰しもが一目置く箔がつくのだから商人たちが黙っているはずがない。

　恐らく静子としては実験的であるという建前で、彩たちを着せ替え人形にしたいだけなのだろうと察した。

「わかりました。それでは草案をお預かりします」

「やったー!!」

　静子は彩のお許しが出たとわかると快哉を叫ぶ。

　最初の関門さえクリアすれば、後は関係者が雪だるま式に膨れ上がって容易には止まれなくなるのを静子は知っていた。

　近頃実用化に漕ぎつけた足踏み式ミシンの面目躍如たるところだろうと、静子は技術街に対する根回しを早速考え始める。

　スキップでもしそうな静子と対照的に、眉根に皺を作っている彩は手渡された分厚い計画書を眺めて嘆息する。

（まあ、ここの処ずっと根を詰めて仕事をしておられましたし、少しぐらいお遊びに付き合っても良いでしょう）

静子に出会ってから既に十年を越えているが、相も変わらず天下人の懐刀たる威厳と、童女のような振る舞いが混在した稀有な女性だと思い知らされる。

苦笑しつつも計画書を読み進め、そして唐突に紙をめくる彩の手が硬直した。

そこには制服の素案がラフな筆致で描かれていたのだが、その装いが想像だにしないものだったのだ。

戦国時代に生を受けた彩の常識からすれば、とんでもなく破廉恥《はれんち》なほどに脚が露出する衣装であり、イラストの右上には静子の字で『ミニスカメイド』と揮毫《きごう》されていた。

恐る恐る資料をめくると、次に飛び出してきたのは『セーラー服』であり、先ほどの物よりは幾分かはマシだが、己が身に着ける姿など想像もできないものばかりが現れる。

「……」

彩は少しして小さく笑みを浮かべると、力一杯静子の計画書を床にたたき付けた。

蕭の郷帰り

戦国時代の婚姻は、女性が男性の家に嫁入りをする『嫁入婚』が常識であった。

平均寿命が短い背景から、結婚適齢期が十二歳前後と早く、有力者同士の婚姻ではその傾向に拍車が掛かる。

特に大名同士の婚姻ともなれば政略結婚が当たり前であり、恋愛感情の入り込む余地などありはしない。

史実に於いて徳川秀忠《とくがわひでただ》の娘である珠姫《たまひめ》は、御年三歳で前田利常《としつね》の正室として嫁いでいる。

こうしたことから静子邸に勤める女性もまた、結婚をすれば仕事を辞して家庭に入るのが常であった。

しかし、この流れに頑として抗う女性が一人いた。

「嫌です」

その女性とは、静子邸に於いて表の顔とも言える蕭であった。

彼女は既に結婚適齢期を大きく過ぎ、既に年増との声すら聞こえつつある年齢に差し掛かっている。

これは蕭に魅力がないわけではなく、むしろ彼女を嫁にと望む声は引きも切らない。

良家の子女であり、才女を輩出し続けている静子邸に長く勤めていることは魅力的に映るだろう。

しかし、いくら良い条件で嫁入りを打診されようとも蕭は決して受け入れようとはしなかった。

彼女には静子邸の表方でトップを務めており、まだまだ静子の身分が低い時より裏方の長である彩と共に家を盛り立ててきたという自負がある。

戦国時代の常識からかけ離れた静子邸という特殊環境の中、血の滲むような思いで築き上げた成果を、何処の馬の骨とも知れぬ輩に台無しにされるのは我慢がならなかった。

この蕭の頑《かたく》なな態度には実の両親である前田利家《としいえ》もその妻まつも苦慮している。

一方で天下人の懐刀と称される静子からの信任が厚いという高待遇を失うのを惜しむあまり、両親ともに彼女に嫁入りを強要できずにいた。

こうした経緯から黙認されていた結果、気が付けば蕭の妹の方が先に嫁いでしまう事態となった。

ことがここに及んで両親は焦り始めるが、蕭は依然として従来の姿勢を変えようとしない。

「結婚の条件は変わりませぬ。女子が働くことを馬鹿にせず、嫁いだ後も静子様の許で働くことをお許しくださる殿方です」

「は、はい……」

蕭は実家からの使者に対していつもと変わらぬ言葉を返す。

彼女は嫁ぐに際して一つの条件を出していた。それは嫁入り後も静子邸にて働くのを認めるというものだ。

武家の娘にとって一番の仕事は世継ぎを産み育てることである。

しかし、戦国時代に於いて出産というのは命懸けの大仕事であり、母子ともに死亡率がそれなりに高い。

翻って静子邸に勤めていれば、妊娠初期から出産まで医師による手厚いサポートを受けられるのだ。

これは他家には絶対成し得ない静子邸のみのアドバンテージであり、また妊婦に対して支給される親子健康帳（現代の母子健康手帳に相当するもの）も非常に人気が高い。

これは出産に伴う様々な基礎知識が網羅されており、母から娘へと受け継がれる家宝として扱われている。

現代知識と戦国時代の生活様式を踏まえたノウハウ集でもあり、たびたび改訂が行われているが旧版のものであっても市販されないことも相まって価値あるものとなっていた。

「父上によろしくお伝え下さい」

実父である利家に向けた文を使者に託すと、蕭は使者を部屋から下がらせる。

色良い返事を受け取れなかった使者は悄然と肩を落として去っていく。

その様子を目にした蕭は、彼が利家から蕭を何とか説得するよう言い含められていたのだと察した。

板挟みになっている使者を哀れに思わないでもなかったが、それでもなお蕭は静子邸を離れがたく思っていた。

静子に対する思慕や、己の仕事に対する矜持もさることながら、打算的な理由も存在する。

(今更他領へと嫁ぐなどあり得ませんわ。私の体はすっかり静子様色に染められてしまっているのですから)

とても他人には聞かせられない内容だが、色っぽい話ではなく尾張様式と呼ばれるようになった生活に馴染んでしまい生活水準を落とせなくなった結果に過ぎない。

蕭は女性とはいえ、表方のトップを務めている関係上、与えられる衣食住のグレードは高くなる。

寝具として未だに高級品であり続ける専用の布団を与えられており、着衣も最高級の正絹を用いて作られた流行の最先端をゆくものだ。

供される食事も豪華であり、昼餉《ひるげ》には一汁三菜を基本とし飯は白米、四季折々の野菜を用いた味噌汁や煮物、お浸しなどが並び、更に温泉卵や果物などのデザートまでもが付いてくる。

静子が新メニューを開発する折に同席していれば、未だ世に出ていない未知の美食を味わうこともある。

また静子邸には天然の温泉が湧いているため、一般には贅沢とされる風呂にも入り放題であり、仕事中でなければ長風呂をしても文句を言われることもない。

（これほどの高待遇を与えてくれる家など有りはしない！）

一度上げてしまった生活水準を下げることは現代であろうと難しい。たとえ身を持ち崩そうとも、不相応な生活を続けるといった話は枚挙《まいきょ》に暇《いとま》がない。

すっかり尾張様式に染まってしまった蕭にとって、実家に帰省した折にも至るところで不便を感じるのだ。

静子が長年に亘って続けた生活改善は、今や他国から羨望の眼差しを向けられる程になっている。

東国随一の大国となった尾張には、各国で喰い詰めた流民が流入することが多くなっていた。しかし、静子は信長の急所となり得るだけに、その安全性を担保するため様々な警戒措置が取られている。

身元の知れない流民に対しては、尾張から隔離された外縁都市にて一度受け入れ、戸籍を作った上で代替わりするまでは尾張に立ち入らせない程の徹底ぶりだ。

そんな彼らには立地的に尾張に準ずる生活環境や教育の機会が与えられ、尾張から派遣される職業訓練教師たちに本人の適性を判断させてそれぞれの職業へと割り振っていく。

こうして生活基盤や職業能力を持たせた上で自活させ、時には他国へと派遣するなどして上手く統治が回っている。

「しかし、これ以上我を通し続ければ静子様を通して説得を仕掛けてくるやも知れませんね」

蕭も生粋の武家育ちであるため、政略結婚の重要性は理解している。

幼い頃より労役を免れ、充分な衣食住の他に嫁いだ後で必要となる奥向きの教育を受けられたのは、原資を出している民たちに利益を還元するためだ。

しかし、尾張で静子に仕官して以来その考えは揺らいでしまった。

どこぞの有力者の正室ないしは側室に収まり、世継ぎを作ることで得られる相互不可侵を前提とした互恵関係などは、今後訪れるであろう泰平の世になれば然《さ》したる意味を持たないのではないかと。

このまま静子に仕えたまま己の地位を確固たるものとし、尾張の生活水準を祖国にも齎せるように励む方が本意に適うのでは無いかと思うのだ。

こうした葛藤を抱いたまま蕭が悩んでいると、数日を置いて遂に静子に呼び出されることとなった。

呼び出された場所が静子の私室ではなく、来客を迎える謁見の間であったことから蕭は己の父が予想以上に早く動いたことを知る。

「忙しいなか、ごめんなさいね。実は前田様より文が届いたの」

「(やはり……)無理を承知で申し上げます。その件に関しては、もう暫しご猶予を――」

そこまで口にした瞬間、蕭は背筋に冷たいものが走るのを感じた。

静子が纏っている空気がいつもの柔らかいものではなく、必要とあらば人に死を申し付ける為政者のそれになっていることに気付く。

人の機微に敏感な蕭は、静子が時間稼ぎの言い逃れを許さず、己の覚悟を問うているのだと理解した。

「蕭が熱心に仕事に取り組んでいること、またその進退に悩んでいることも理解しています。しかし、今回の件については独りよがりに感じます。他者に本音を語りにくいのはわかりますが、親にまでそれを隠すのは不義理でしょう」

「も……申し訳ございません」

静子の迫力に圧《お》されて蕭は反射的に謝罪の弁を述べる。

昨今ではめっきり戦場へ向かうことがなくなった静子だが、それでも自ら他者を殺《あや》めたことすらある戦場経験者と、前線から遠く離れた後方で安穏と暮らしてきた蕭とでは気迫が違う。

「謝罪は不要です。私が知りたいのは、貴女がどうしたいのかです」

すっかり萎縮《いしゅく》してしまっていた蕭だが、静子の言葉を聞いて困惑する。

「確かに前田様より文は届いています。しかし、これまでの蕭の忠勤を無視してまで、前田様に義理立てするほど情け知らずでもありません。ただ蕭を見ていると、ご両親に対して言葉を尽くしていない気がするのです。だからまずは私に思いの丈をぶつけてみなさい」

静子の言葉で蕭は彼女が怒っているのではなく、腹心の悩みすら打ち明けて貰えない己の不甲斐なさに憤っているのだと理解する。

そしてそこまで思って貰える主人に対して閉ざす口を蕭は持ち合わせていなかった。

「申し訳ありません。私事《わたくしごと》で静子様のお手を煩わせるわけにはいかないと考えておりました。私はこれまでの己の仕事に自負がございます。また私を尾張に送り出してくれた皆に対する恩返しができるのは、静子様にお仕えする先にあると思っているのです」

「貴女の想いは、しかと受け取りました。私と尾張の行く末に人生を捧げる価値があると思っての覚悟、私からも前田様にお口添えしましょう」

「え!? 宜しいのですか?」

蕭は静子の立場からして、武家の娘として第一の義務を果たすべきだと諭されるのだと思い込んでいた。

「先にも言いましたが、私は貴女の忠勤とその成果を得難いものだと判断しています。しかし、私も四六と器を引き取って以来、前田様のお考えも理解できるようになりました。我が子に少しでも良い未来を与えてやろうという前田様の親心と、貴女のご両親や領民たちへの恩義に報いたいという思いがすれ違っているのが根本的な問題なのでしょう」

「で、では……」

「蕭、貴女に暫しの休暇を与えます。国許へと戻り、心ゆくまでご両親と膝を突き合わせて語り合いなさい。貴女がこれまでに成した功績と、その未来に対する展望及び婿を迎えて家を興すことをも請け負うと書状を認《したた》めましょう」

蕭は静子の言葉を耳にし、本当に静子に仕えていて良かったと心の底から思った。嫁いだ後に従来の仕事を続けるという条件を受け入れる嫁入り先は、蕭が企んでいたようにまず見つかるまい。

それを踏まえて、前田家の権勢を損なわない上で更に蕭が年を経た後も寂しく惨めな思いをしないよう、新しい家を興すことまで考えてくれる主などそうはいない。

「あ……ありがとうございます！　この御恩は倍旧の奉公にてお返しいたしまする」

「気負わずとも構いません。頑張ってくるのですよ」

「はっ！」

蕭の目に覚悟を見た静子は満足げに笑うのだった。

鬼武蔵《おにむさし》の泣き所

戦国の世を震撼させる『鬼武蔵』の名は、静子の統治する城下町に於いては畏怖とともに、ある種の憧憬が向けられている。

鬼武蔵こと森長可は気難しく粗暴な印象を持たれているが、それはあくまでも対外的なモノである。

無法の輩を萎縮させる為に武威をひけらかしているが、守るべき領民に対しては自分の印象が悪くならないよう立ち振る舞っていた。

静子のお膝元である城下町に於いてさえ、酒類が提供される花街などでは乱暴狼藉《ろうぜき》を働く者が現れる。

時として警察機構たる警備隊の手をも焼かせる無法者を、颯爽と現れては一撃の下に叩き伏せる長可の姿に憧れる者は存外多いのだ。

ただし、長可の基本方針が『一罰百戒』であり、凄惨な仕置きを見たものが恐れるようにも仕向けている。

「酒が入った状態での悪ふざけだ。当然赦《ゆる》してくれるんだろう? テメェが吐いた唾《つば》だぜ、飲めねえとは言わせねぇ!」

地面に倒れ伏した男の頭部を、長可は手にした得物でコンコンと軽く叩いて見せる。

彼が手にした得物は、出縁《フランジ》と呼ばれる金属製の出っ張りが四方に突き出した先端を持つ、無骨なメイスであった。

辛うじて口が利ける状態の男以外は、余りの痛みに気を失っているのか呻《うめ》きはするものの、明確な言葉を発することが無い。

気を失っている男たちは五人おり、皆一様に四肢が関節以外の場所から曲がっているという無惨な有様になっていた。

下手をしなくとも命に関わる程の重症なのだが、一般人はおろか治安を守るべき警備隊ですら長可に近づこうとしない。

「お前の理屈じゃ酔った挙句に給仕の女の尻を触るのも、その女がそれに驚いて俺の飯を台無しにしたのも酒の場での悪ふざけだから笑って赦さなきゃならねえんだよな？　じゃあ、俺も酒が入っているから飯を台無しにされたことに怒ってお前らの人生を台無しにしても赦されるはずだよな？」

その場に居合わせた全員が、心の中で飯と人生では釣り合いが取れないのではと疑問を抱いたがそれを口にする者はいない。

「は、はひぃ……しゅみましぇん」

長可の剛力で散々往復ビンタを食らわされ、顔中がパンパンに膨れ上がって人相が変わり果てた男が謝罪の言葉を絞り出す。

最初に叩きこまれた剛拳によって前歯が全損している男は、言葉を上手く操ることができずに舌ったらずな幼児のような喋りとなっているが、それを笑う者はいない。

それどころか拳ですらない、ただの往復ビンタだけで大の男の顔面がここまで変形することに戦慄していた。

全身凶器と言っても過言ではないほどまでに長可の体は鍛え上げられており、その上で幾つもの荒事を経験して場数を踏んでいる長可は正に敵なしだ。

そんな彼が出没するとわかっていても、酒に酔って気が大きくなると不埒《ふらち》な行動をする馬鹿が一定数現れる。

「何だその返事は！　心から反省しているのなら、謝罪の弁ぐらいははっきりと言えるだろう？それともなんだ、貴様の反省は口だけか？」

明らかにまともな口内では無いであろう男に対して、長可は不条理な因縁を付け続ける。

警備隊としては早々に場を収拾して、暴れた連中を連行しようと思うのだが、下手に水を差して長可の機嫌を損ねるのも嫌なので手を出しあぐねる。

警備隊の面々ができることなら死人が出る前に撤収したいと願っていると、突如として近くの人混みが『モーセの海割り』が如く左右に割れた。

何事かと思ってそちらに顔を向け、目にした光景に慌てて皆が膝を突いて頭を垂れる。

「俺も暇じゃないんだ。早くしろ」

「ふーん、それじゃあ夕餉《ゆうげ》を取った後に帰ってくるつもりは有ったのかな？」

「うおお!!」

唐突に背後から女性の声が掛かり、長可は振り返らずに前方へと身を投げる。

勢いのままゴロゴロと転がった後に起き上がり、後方を振り返ると直前まで長可がいた場所に槍の石突を叩きつけた恰好の才蔵と、にこやかにほほ笑む静子が立っていた。

その場に居合わせた野次馬達も、領主である静子に気が付くと揃って頭を伏せる。

場を支配する者が長可から静子に変わったところで、彼女は周囲を見回しておおよその事態を把握する。

「喧嘩をするなとは言わないけれど、警備隊にまで迷惑をかけるのは見過ごせないね」

「いや、待ってくれ！　これは武家の面子に関わる問題だったんだ、こいつに頭から飯を被らされて無罪放免とはゆくまい。折角店主が作ってくれた飯も台無しになったしな」

「そうね、食べ物を粗末にするのは赦せないね。でも、警備隊が来たら彼らに場を明け渡すように再三注意したよね？」

長可は言い訳を口にしつつも、現状をどうやってやり過ごすかを思案する。

口調は普段と変わらず穏やかながら、静子が若干怒っているのが口ぶりから察せられる。

彼女が必要以上に笑みを浮かべて、抑揚の無い喋り方をするときは相当に拙《まず》い状態だ。

(しまった、時間を掛け過ぎたか。喧嘩自体に対して怒っている訳じゃなく、警備隊をここに張り付かせたまま粘ったのが駄目だったか。確かに他所で問題が起こった時の対処が遅れるよな……)

冷や汗を流しながらも長可は冷静に状況を分析していた。

長可はつい先ほどまで甚振《いたぶ》っていた男など既に眼中になく、今はどうやって静子の怒りを鎮めるか、また手にした槍をくるりと回して革製の覆いを付けたままの穂先を向けてくる才蔵への対処を考える。

上手い方策が見つからないままひりついた空気が支配する場に沈黙が流れる。

誰もが固唾《かたず》を飲んで見守る中、三十秒ほどたった後、静子が盛大に肩を落としながら大きく息を吐いた。

一応長可の反省を見て取った静子は、傍らに立つ才蔵に声を掛けると引き上げる支度をし始める。

「警備隊の皆さん、そこで伸びている人たちを詰所に連れていって下さい。勝蔵君はご店主に料金をしっかり支払ってから帰ってくること」

「は、ははっ!」

静子からの指示を受けた警備隊の動きは迅速だった。

長可が倒した破落戸《ごろつき》を怪我の具合を見て診療所へ送るか、詰所へ送るかを見定めると担架に乗せて運び始める。

自分の足で歩ける者は二人のみであり、六人中四人までがそのまま診療所へと送られて治療を受けることとなる。

辛うじて歩いている者も、片足を引きずっていることから長可の容赦なさが窺えた。

静子が場の解散を命じると、野次馬達も一人、また一人とその場を立ち去っていく。

最後に残されたのは静子と才蔵、長可と彼の部下数名だけとなる。

「それで、暴れた理由は何?」

「いや、だから飯をだな……」

「建前は別に良いの。君があそこまで相手を痛めつけたなら、相応に理由があってのことでしょう?」

「……ふん、たまたま虫の居所が悪かっただけよ!」

「そういう事にしておきましょうか。ふふっ、君は相変わらず優しい子だね。口ばっかり達者になって小憎らしいけれど」

「ふんっ!」

普段の長可であれば、頭から飯を被らされようと気を失うぐらいの仕置きで勘弁しているのだ。

無法を働く者に対して容赦ない裁きが下される様を見せつけるように暴れたということは、件の酔漢たちを使って店に嫌がらせをしている等の看過できない何かがあったと静子は察した。

静子が己に向ける慈愛に満ちた視線が恥ずかしく、長可は憎まれ口をたたきつつもそっぽを向く。

(優しい……子？)

静子の台詞《せりふ》に、長可を除く彼の部下全員が疑問符を浮かべていた。

それを感じ取った長可が部下たちを睨みつけると、彼らは慌てて姿勢を正しその場の片づけに取り掛かる。

流石の才蔵も静子の言葉に戸惑っていたが、直ぐに切り替えると静子に声を掛けた。

「静子様、そろそろ……」

「あ、会合の時間だね。じゃあ勝蔵君、コレで口直しでもしてきなさい」

それなりに金子の入った袋を長可に投げ渡すと、静子は軽く手を振りながら才蔵とともにその場を立ち去った。

「あ、あの……差し出がましいのですが、静子様の護衛が随分と少なくありませんか？」

「あん？　そんな訳があるか。お前が気付いていないだけで、静子の周りには数十人もの護衛がおったわ」

「え!?」

「静子のゆく先々には、領民に扮した護衛が警戒しているぞ」

静子から渡された金子を確認しつつ、長可は部下の問いに答える。

城下町に来た時から、長可は警備隊とは異なる連中が街の要所要所に散らばっていることに気付いていた。

皆がまちまちの恰好をしており、統一性など皆無だが一様に街の様子を静かに窺っている点は共通している。

そこから長可は静子が城下町に下りてくる用事があるのだとは推測していたのだが、想像以上に早く訪れたことに肝を冷やしていた。

「気が付きませんでした」

「恐らくは真田《さなだ》殿の命だろう。見事なものだ」

間者を統べる真田昌幸《まさゆき》の手腕を長可は褒め称えた。

「とは言え、お前らも油断するなよ。才蔵が俺に近づくのを見逃しているようじゃ、いくさ場で命を落としかねん」

乾いた笑いを浮かべながら長可は思い返す。石突とは言え、あの勢いで叩かれたら長可とて昏倒は免れない。

次に静子の手を煩わせたら確実に当ててくるだろうことが理解できた。

「よし、忘れる為にも飲んで食おう。幸い、静子から金を貰ったんだ。豪遊しても許される、はず」

「大丈夫ですよね!?」

「安心しろ、骨は拾ってやる」

「安心できませんよ！　ちょっと森様！」

部下の必死な叫びを無視して長可は呵々《かか》と笑いながら夜の街へ足を向けた。

上月城《こうづきじょう》の戦い

信長の許可を得て、静子から砲兵部隊を預かった光秀は早速行動を開始していた。

西国を攻略するにあたり、羽柴《はしば》秀吉は山陰地方から回り込むように毛利氏が待つ安芸国《あきのくに》（現在の広島県西部）を目指し、明智光秀は勢力下に納めた播磨国《はりまのくに》（兵庫県南西部）を拠点に山陽地方から安芸国を狙うよう備前国《びぜんのくに》（岡山県東南部）を攻略しようとしていた。

破竹の勢いで進軍してくる織田勢に対し、毛利方も手を拱《こまね》いている訳もなく、播磨から追い出され備前まで退いた天神山城《てんじんやまじょう》の城主、浦上宗景《うらがみむねかげ》は自らが放棄した上月城を再建して播磨奪還を図る。

上月城は播磨国の西端に位置し、備前国と美作国《みまさかのくに》との国境《くにざかい》からほど近く戦略的に重要な位置にあると言えた。

播磨国を掌握しつつあった光秀は、この浦上の動きに呼応するべく砲兵部隊を差し向けることにする。

攻略目標となる上月城は標高１９０メートルほどの荒神山《こうじんやま》の尾根に寝そべるように築かれており、土塁や堀切《ほりきり》で周囲を守る堅牢な山城だ。

山中に攻め入って攻略しようと思えば、敵側の土俵で戦うこととなり相応の犠牲を生じることは目に見えていた。

そこで光秀は先遣部隊を派遣して砲兵部隊を展開できる麓の平地を確保させる。

次いで自らも本体を率いて現地入りし、周辺の地形調査及び砲兵部隊の搬入経路を整えた。

強力な攻撃手段である砲兵部隊だが移動中は完全に無防備であり、万が一にも襲撃されて虎の子の大砲を奪われる訳にはいかないのだ。

「一度逃げた鼠がこそこそと舞い戻りおって」

光秀の傍に控えていた側近の一人が言葉を漏らす。

西国攻めに於いては攻略に手間取っているという印象を与えないよう、犠牲を極力少なくした上で圧勝することを信長から命じられている。

今回の攻略対象である上月城は、難攻不落という程ではないものの周辺の城から援助を受け易い立地にあり、城攻めが長期化し易い要素が揃っていた。

「一度は放棄した城ですから、窮地に陥れば再び逃げ出すことでしょう。その後押しをするとともに、我が軍に対して籠城をするということの愚を心に刻み付けてやるのです」

「前《さき》の実弾演習にて大砲の威力は思い知ったでしょうに……それでも城に縋るとは愚かしい」

側近の言葉に光秀は笑みを返し、荒神山の麓手前の平野にて陣を張った。即席の物見櫓《ものみやぐら》が幾つも建てられ、中でも本陣付近の最も高い櫓に、これも静子から借りだした測距儀《そくきょぎ》を据える。

これに対して浦上側からは何の反応もないままであり、そうこうしている内に車列を成した砲兵部隊が到着した。

「観測兵、目標までの方角と距離はどうだ？」

「視界明瞭、方角西北西、距離８８０メートルです」

測距儀に取りついてデータを取得している観測兵が叫び返した。

他にも風向き及びその風速なども計測し、そのデータをもとに砲身の角度及び向きを調整していく。

観測気球までは流石に借りることができなかったため、座標による精密射撃は望めないものの、この時代としてはあり得ない精度の砲撃が期待できるだろう。

砲兵隊長から光秀に砲撃準備が整った旨の報告があり、光秀は一度晴天の空を見上げて頷いた。

「撃て！」

光秀の号令一下、砲兵たちの手による観測射撃が行われる。発射数は三発、上空は地表よりも北寄りの風が強いのか、目標地点よりも揃って北方にずれた位置に着弾した。

物見櫓から着弾地点が観測できたのは最も南側に狙いを付けた三発目のみであり、それを元にして再度大砲の調整が行われる。

「次弾装填完了、いつでも撃てます」

「よし、撃て！」

再び光秀の号令とともに今度は合計十門の大砲が一斉に火を噴いた。面で制圧するように放たれた十発の砲弾は、上月城の主郭の東側をごっそりと削り取る。

防衛設備である土塁も堀切すらも何の意味もなさず、元は斜面であったはずの場所に残るのは深々と抉り取られた後の崖のみだ。

基部が抉り取られたことで土砂崩れが誘発され、主郭への出入りを防ぐ城門までもが土砂とともに崩落してゆく。

地響きを立てながら城門が崩れ落ちる光景を、手にした双眼鏡で眺めていた光秀は言葉を放つ。

「城内に動きが見えます。砲撃は一旦中断し、銃兵を前へ！　砲撃部隊は次弾装塡、目標は直前と同じです」

「はっ！」

初手からここまでの戦力差を見せられて尚、何故か浦上側の士気は挫《くじ》けておらず、打って出ようとする動きが見られる。

このまま砲撃を続ければ完全に封殺することも可能なのだが、相手が城から出てくるというのならそれを迎え撃とうと光秀は考えた。

（実際に死人が出ないと現実を直視できぬのか……山を崩すほどの砲撃が人に当たればどうなるか想像すらできぬと見える）

そんなことを考えながら待つこと半刻、主郭を放棄して二郭へと移った浦上軍が一斉に斜面を駆け下り始める。

　この時光秀は気付いていなかったのだが、直前の砲撃によって主郭内部は基部から傾いてしまい、城内部にもかなりの被害が出たため移動すらままならなかった。

　勝ち目がないと悟った城主の浦上は、いち早く撤退を決断すると決死隊を募り、浦上たちが撤退する間の時間を稼ぐという非情な命を下す。

　こうして城主を逃がすための時間を稼ぐために死んで来いと言われた兵たちが、決死の表情で斜面を駆け下りているのを見た光秀が叫ぶ。

「銃兵及び弓兵は駆け下りてくる兵を制圧せよ！　砲兵、目標主郭の南斜面！　調整が終わり次第撃て！」

　せめて一矢報いんと斜面をばらばらに駆け下りてくる敵兵に向かって、光秀軍の銃兵及び弓兵が一斉に射撃を開始した。

　直線弾道の銃弾と、山なりの軌道で降ってくる矢が敵兵に襲い掛かる。斜面を駆け下りてくるという立体的な移動であるため、どちらの射撃もそれほど命中しなかった。

　それでも敵兵の二割程度が地に伏せる。元より死を覚悟している兵士は、それでも勢いを失わずに駆け続ける。

　しかし、耳を劈《つんざ》く轟音と共に大砲の一斉射が行われ、敵兵たちが駆けている斜面全体が爆発したように土砂とともに吹き飛んだ。

　これが点でしか攻撃できない銃弾や弓矢と、面で攻撃が可能な砲弾との違いであった。

敵兵は一瞬にして地形と共に消え去ってしまう。

捜せば息のあるものもいようが、直上からの砲弾及びその爆発による衝撃、巻き上げられた土砂などに打ちのめされて動く者すらいない。

凄惨な光景を生み出した光秀だが、彼の目には一片の慈悲すら宿っていなかった。彼らが無惨に命を散らすことが、今後のいくさを有利に進める糧となる。

その冷徹な計算が光秀を非情にさせていた。

「二度と再利用などできぬよう破壊してしまいましょう」

その後、二郭に対しても砲撃が行われ、かつて上月城と呼ばれた構造物は完全に瓦解した。

招き猫

その日、静子邸に突然数匹の猫が運び込まれた。

外国産の珍しい品種というわけではなく、突然変異で誕生した新種だとの触れ込みだ。

静子邸の外苑は既に動物園状態であり、珍しい動物はとりあえず運び込まれるのが常となっている。

問題の猫達は届けられた日から数えて数日間の慣熟期間を置き、ようやく静子とのご対面となった。

「なるほど、珍しい変異をしたんだね」

届けられた猫は七匹おり、全て同じ母から生まれた兄弟猫である。

兄弟すべてが突然変異したわけではなく、内二匹のみが誰の目にも明らかに足が短い。

生まれた直後は目立たなかったのだが、成長するにつれて二匹だけがマンチカンのように足が短く、他の兄弟とは異質であることが明らかとなる。

これらの猫達は飼い猫であり、飼い主は突然変異に対する知識など持ち合わせていなかった。

そして突然生じた短足の子猫を愛らしく思うと共に、これは何かの呪いではないかと疑念を抱くに至る。

こうして兄弟七匹すべてを静子邸にて鑑定を依頼するに至った。

既に短足猫種の存在を知っている静子としては、猫と一緒に送られてきた飼い主からの文に対して苦笑が漏れる。

未知の事象に対して恐れを抱くのは、人間として当たり前の反応であるため、飼い主の無知を責めることはできない。

「こんなに愛らしいというのに、呪いとは愚かしい」

世間では鬼と恐れられる長可だが、無類の猫好きであるためかすっかり目尻が下がってしまっている。

一緒に立ち会っているのが静子だけだったならば、懐に隠し持っているマイ猫じゃらしを取り出して振り回しているだろう。

一方の子猫達は挙動不審な長可を警戒し、若干距離をとっていた。

最初は慣れない部屋のあちこちを調べていた猫達だが、やがて危険はないと判断したのかおもいおもいに寛《くつろ》ぎ始める。

「ぐふぅ！」

短足ゆえに兄弟達の走りについて行けず、まだ文机という段差を跳び越えることもできずにコロコロと転がる二匹の姿を目にした女性が奇声をあげて悶絶した。

彼女は明智光秀の娘である珠《たま》であった。

彼女も長可同様、猫大好きの女中として静子邸では名の知れた存在だ。

日頃から生真面目かつ勤勉な珠だが、こと猫が絡むと態度が豹変してしまう。

端的に表現するなら『気持ち悪い』であろう。

猫狂いとすら呼ばれている彼女がこの場にいる理由は単純であり、珍しい猫が持ち込まれたとの噂を聞きつけて静子に同席できるよう懇願したのだ。

珠は光秀の娘でこそあるものの、静子邸に於ける立場はさほど上位という訳でもない。

本来であれば静子の私室で猫と戯《たわむ》れるなど高望みと評されることだろう。

しかし、そこは生粋の猫狂いたる珠の必死の懇願に、静子が一瞬で絆《ほだ》されてしまったという経緯があった。

「ただでさえ愛くるしい子猫だというのに、短い足を必死に動かしてよちよちと歩く姿が堪《たま》りませぬ……」

恍惚といった表情を浮かべて悶絶していた珠だったが、件の短足猫が彼女の足元で転んでしまい、彼女を見上げて一声鳴いた途端に硬直した。

「ひうっ――」

鋭く息を吸い込むような奇妙な声を上げると、彼女はその場にバタンと倒れる。

余りの多幸感と猫成分の過剰摂取により、彼女は気を失ってしまったのだ。

猫と触れ合っている時に彼女が卒倒することは、さほど珍しいことでもないため、彼女は部屋

の隅に寝かされたまま放置される。

「それで静子よ、この子猫たちはどうするんだ？」

「どうしようかな……飼い主さんには悪いけれど、呪いなんかじゃなくて自然に起こり得ることだとお返ししたら、それはそれで危険なんだよね」

珠が意識を飛ばした途端に寝転がり、懐から取り出したマイ猫じゃらしで猫たちと戯れながら長可が処遇について訊ねてきた。

それに対して静子は腕を組んで唸ってしまう。珍しい猫として領主である静子の目に留まったとなれば、好事家《こうずか》たちが目の色を変えて欲しがる可能性があった。

この戦国時代に於いて猫を七匹も飼おうという酔狂な飼い主は、当然金銭では子猫を譲ろうとしないだろう。

そうなれば飼い主に危害を加えて強奪を図る輩が出ないとも限らない。

「一応鑑定料を頂いた以上は、鑑定書を付けてお返しするんだけど。これも希少性を証明してしまう要因なんだよねえ……」

「じゃあ俺が飼い主に交渉して貰い受けるよ。安心しろ、俺の処へ奪いにくるなら命を以て贖って貰うだけだ」

「何一つ安心できる材料がないよね。まあ、勝蔵君の家族を狙うなら命懸けは当然か」

「そうそう、俺の留守中は森家が責任を持って預かるから安心だぞ」

「ただね……」

自信ありげに話す長可に対して、静子は盛大にため息を吐いた。

その様子からまだ何かがあると察した長可は、静子に続きを促す。

「私の家に猫が持ち込まれるとね、何故か特定の方々に伝わるのよね」

「なんだそりゃ？」

「ご歓談のところ、失礼致します」

長可が問い返したところで、障子の向こうから声が掛かった。

静子と長可との会話が止まり、それに促されるように声を掛けた小姓は続きを告げる。

「今しがた上様より、間もなくこちらに到着するとの先触れがございました。近衛様もご一緒とのことです」

「わかりました。大広間を片付けて上座にお招きして下さい」

「はっ」

静子の指示を受けた小姓は頭を下げると踵《きびす》を返す。彼の足音が聞こえなくなったのを確認し、静子は肩を竦《すく》めて呟いた。

「ね？　報告もしてないのに来客があるの……」

万能の意思疎通手段

我々が普段何気なく使用している言語が、実は多くの謎に包まれていることをご存じだろうか？

日本人が多くの場合用いる日本語は、その起源に於いて独立言語説やアルタイ語族に属する説などもありながらはっきりとはしていない。

音を用いてコミュニケーションを図る動物は他にも存在するが、洗練され体系化された言語及び文字を用いて知識の継承を可能としたのは人類だけであろう。

このように言語の主目的は他者とコミュニケーションを図ることだが、世の中には会話が成立しない相手というものが一定数存在する。

時代や場所に拠らず、それはいつ何処に於いても発生するものであり、このディスコミュニケーションを解決するための手法の一つに暴力がある。

「こひゅ……こひゅ……」

天井から足を上にした状態で吊り下げられている男から喘鳴《ぜんめい》が漏れる。

男の顔面は最早元の人相がわからぬほどに腫れあがり、全裸に剝かれた体には至る所に痛々しいミミズ腫れが走っていた。

力なく垂れ下がり揺れる両腕は、鈍器による殴打を受けたのか奇妙に折れ曲がっている。

息も絶え絶えといった様子の男の傍に立ち、冷徹な視線を彼に向けているのは足満であった。

足満の手には動物の革を編《あ》んだ長い一本鞭《むち》が握られており、男の体にミミズ腫れを刻んだことを雄弁に語っている。

一本鞭とは本来カウボーイが牛を追い立てるために使った道具であり、人を叩くことを主目的とした道具では無いことは明らかだ。

足満は慣れた仕草で鞭を振るうと、パーンと何かが破裂するような鋭い音を立てる。

その音を耳にした男はすっかり萎縮し、体に刻み込まれた痛みへの恐怖から歯の根が合わずガチガチと音を立てた。

余談だが鞭が発する鋭い破裂音は、鞭の先端が地面などを叩いた際に発生しているのではない。

鞭の先端が輪を描くようにして振るえば、全長5メートル程度の一般的な鞭であってもその先端の速度は容易に音速を超える。

我々の耳に飛び込んでくる音を伝播している物質は空気であり、音は空気分子の振動という形で伝わってくるのだ。

音が空気分子を叩くと、その振動によって隣の空気分子を叩いてまた振動が伝わりと、まるでドミノ倒しのように連鎖的に伝わる速度を音速という。

ここで空気中の物体が音速を超えるとどうなるのか？

空気分子は物体に叩かれた振動を隣の分子に伝える間もなく物体に押されて潰れ、玉つき事故の現場のように高密度の一塊となって進むことになる。

この塊を衝撃波といい、これが空気中を伝わる際にまた空気分子にぶつかって減速・減衰して音波（ソニックブーム）となるのだ。

「話す気になったか？　五つ数える間だけ待ってやる、早く謳《うた》え」

「あ……、わ、た」

男は必死に言葉を紡ごうとするが、萎縮しきって硬直した喉は意味のある音を発せなかった。

彼に刻み込まれた痛みと恐怖が時間を空費させ、その間にも無情なカウントは続行される。

常人であれば男が喋ろうとしている姿勢を汲《く》み取り、男を落ち着かせた上で情報を聞き出すことを優先するのだろう。

しかし、足満にとって静子以外の存在は己も含めて消耗品程度にしか捉えていないため、時間経過と共に無情にも鞭は振るわれた。

「いぎぃぃぃ!!」

先端に行くほどに細くなり、最も先端に至ってはただの革紐でしかない鞭は、その地味な見た目とは裏腹に恐ろしい威力を秘めている。

良く鞣《なめ》された革紐を隙間なく編み上げた鞭は強靱であり、打撃面が細いことから衝撃が集中して激しい痛みを生む。

たった一度の鞭打ちにより、背中の皮膚は裂けて出血し、男は喉からせり上がる悲鳴を噛み殺そうとするも苦鳴が漏れた。

こうして歯を食いしばり、身を固くすることで痛みに耐える彼が目にしたのは異常な光景だった。

奇妙な歯車状の部品が付いた長机に仰向けに寝かされた彼の仲間は、その両手両足を縄で引っ張られている。

てこの原理とラチェット機構を組み合わせた巻き上げ機によって縄は凄まじい力で引っ張られ、男の仲間の腕や足は元の倍ほどまでに伸び切ってしまっていた。

他にも土下座するような形に両手足を折り曲げられた状態で金属製の器具によって固定されている仲間もおり、その仲間は口と鼻から血を流している。

これらの装置は拷問《ごうもん》で有名なロンドン塔の二人の娘、前者を『エクセター公の娘』、後者を『スカベンジャーの娘』という有名な拷問具だ。

「そろそろわしと話す気になったか？　主への忠義で口を閉ざすのならば止めはせぬ、なにまだ代わりは居るのでな」

言葉によるコミュニケーションは、一方が会話を拒絶すれば閉ざされる。

操る言葉が相手と異なっていたり、そもそも言葉自体を持っていなかったりしても通用しない。

翻って暴力はどうだろう？　相手が拒絶しても会話を強要できる上、言葉を持たぬ動物にすら望む行動を促せるのだ。

足満は黙秘を続ける男たちとの会話を早々に打ち切ると、暴力によるコミュニケーションで望む情報を引き出そうとしていた。

因みに足満は既にある程度の情報を摑んでおり、男たちのような下っ端が持つ情報はさしたる重要性を持たない。

ゆえに相手から情報を得ることに固執せず、むしろ凄惨な死体を量産することで男たちの主人に警告しようとすら考えていた。

人間は理解できぬものに対して本能的な恐怖を覚える。

間者から情報を得る為に拷問をするのが当たり前である戦国時代に於いても、情報を取れなくても構わないという前提で苛烈な拷問を課す足満は恐ろしい。

何しろ彼は静子に敵意を向けた相手に一切の容赦をしない。たとえ相手が年端もゆかぬ童《わらべ》であろうとも寸毫《すんごう》の躊躇すら見せないのだ。

「くっ……殺せ！」

「殺すのは大前提だ。全てを吐いて楽に死ぬか、沈黙を守り苦しんで死ぬかだ」

殺せと叫ぶ男に対し足満は冷徹に告げた。

そもそも足満には最初から彼らを生かして帰す気が無い。拷問に耐えて苦しみ続けた末に死ぬか、主人を裏切って情報を吐いた末に一思いに殺されるかの差だ。

足満は逆さ吊りの男に対して再び鞭を振るうと、次はエクセター公の娘に掛けられている男の許へと足を運ぶ。

男は既に肩と肘や膝、手首足首の関節を脱臼してしまっていた。最も外れにくい股関節のみがはまっているという状態だった。

「さて、貴様にも問おう。謳うか、それとも沈黙か？」

「何故、そこまで織田に尽くす！　奴はあしかが――」

男の声が不自然に途切れる。

足満が男の二の腕を凄まじい力で摑んだからだ。

肩と肘関節が外れた腕を摑まれた男は、骨と骨を繫ぐ靱帯が伸びきったところに力が掛かったことで生じる激痛に耐える。

「織田などどうなろうと構わぬ。足利《あしかが》など輪を掛けて興味がない」

足満にとって己の血族たる足利将軍家がどうなろうと気にならない。

それは織田家に対しても同様であり、たとえ史実通り『本能寺の変』が起こって信長が命を落とそうとも足満が彼の死を悼《いた》むことなどあり得ない。

彼にとっての関心事は、常に静子ただ一人だけである。

「それでは何故!?」

「貴様らは静子に危害を加えんと企《くわだ》てた。それだけで万死に値する！」

「なっ！　そ、それだけの理由で我らに牙を剝くというのか！」

「貴様らを鏖殺《おうさつ》するには充分だ」

男は背筋に氷柱を突きこまれたような寒気を感じた。

足満の狂気は異質であり、彼が静子に向ける感情はもはや人間に対するそれではないようにすら思える。

いずれにせよ、自分たちは虎の尾を嫌というほど踏みつけたのだと悟った。

「せいぜい耐えて己の罪の重さを知れ」

まるで無駄話をしたとでも言うような足満の態度に男は絶望し、男は己の心が折れる音を聞いた。

考察『本能寺の変』

戦国時代に於いて歴史の転換点となった出来事と言えば、『本能寺の変』であろう。

天下統一に王手を掛けていた信長を、家臣である明智光秀が謀反を起こして襲撃した事件である。

「敵は本能寺にあり！」のセリフと共に知名度の高い事象ながら、その背景には多くの謎が残されている。

『光秀の三日天下』という言葉があるように、謀反に成功した光秀が『備中《びっちゅう》大返し』によって駆けつけた秀吉に討たれたことで謀反に至った動機なども不明のままだ。

謎多き『本能寺の変』だが、作中時点において起こり得るのか考察してみよう。

まず『本能寺の変』が起こるためには三つの条件を満たさなければならない。

一つ目は、織田家の当主たる信長と、その後継者である信忠を一度に襲撃できる状況にあること。

二つ目は、彼らを護衛する兵力が少ないこと。最後の三つ目は、彼らを援護できる兵力が付近にいないことだ。

一つ目については語るまでもないだろう。

信長もしくは信忠のどちらかが生き残ってしまえば、たちどころに織田家総力を上げての敵討が始まる。

信長と信忠の双方が一度に失われた場合のみ、織田家にとって継承の空白期間が生じて下剋上の機会となる。

ここで現状を振り返ると、信長は近江《おうみ》の安土に本拠を構え、他方の信忠は岐阜《ぎふ》を治めている。

この二人が一堂に会する機会は稀であり、大抵の場合は護衛の為に大軍が控えた状態での会合となるのだ。

次に二つ目の条件である護衛の兵力が少ない状況はどうだろう？

史実に於ける『本能寺の変』では、信長が二百程度、信忠が一千程度の兵を率いてアウェーである京に滞在していたとされる。

そこに京をホームとする光秀が一万三千もの兵を率いて襲撃を掛けたのだから、勝ち筋など残されていなかっただろう。

翻って本作では、公家の重鎮たる近衛前久が京を掌握しており、また彼を護衛するための常備軍が駐留している。

更には京の治安を担う京治安維持警ら隊自体が静子の手により創設されており、いざとなればそれらを動員することすら可能となる。

これらの兵力を合わせれば余裕で万を数える大軍となり、襲撃者が数的優位に立つことは難しい。

更に京の静子邸には、研究中の連発銃である機関銃が試験配備されている。

これは単純な戦争の数的優位性を示した『ランチェスターの第一法則』を超える兵器であり、一人の兵士が百人の敵兵を倒し得る革命的な装備だ。

つまりは織田家に対して謀反を企てるに際して、京を舞台に選ぶのは最悪に近いと言える。

別の地域ならば可能かと言えば、それもまた難しい。

信長が普段滞在している安土城は、信長の御座所が故に大軍が常駐しており、生半可な兵力ではそもそも太刀打ちできない。

東国については静子主導の下、原則いくさを禁じた上で戸籍整備が進められているため、大規模な動員を掛けた途端に露見する仕組みが構築されつつある。

残るは織田家の勢力下にない扮装地帯であるが、そもそも戦死の可能性がある前線に信長と信忠が揃って向かうことはあり得ない。

奇跡的な偶然により、信長・信忠ともに少数の護衛のみを伴って前線に出て来ていたとしても、第三の条件をクリアすることが難しい。

前述の状況が発生したとして、その前線には必ず静子軍によって派遣された兵站部隊が随伴しており、戦闘を継続できる支援が提供され続ける。

つまり最前線に貴人が居る状況でかつ、兵数が少ないという憂慮すべき事態は早々に解決が図られるのだ。

偏った兵数分布はたちどころに適正数に編成し直すよう動員が掛かるため、援軍が来ない孤立した状態になることがない。

そもそもが軍事行動に関する兵装や糧食に関する計画の時点でチェックが入り、お家断絶という状況が発生しうるような無謀な計画ははねられてしまう。

以上のことから現時点に於いて『本能寺の変』または同程度の影響力を持った事件は起こしようがない。

何せ二人の安全性を担保しているのは、静子または彼女の軍によるところが大きく、その指揮権を握っている静子はといえば二人以上の引き籠り状態だからだ。

前線から遠く離れた尾張という領土に、堅牢な要塞都市を構えて動かないのが静子という存在だ。

金や権力は当然ながら色ごとに対しても欲を見せない静子は調略が不可能であり、信長と信忠を討とうと欲するならば、まずは静子を尾張から引っ張り出さねばならない。

これらの無理難題全てを満たす起死回生の一手を打てる存在がいるとするならば、それは因果を無視して結果を手繰り寄せる神仏に類する何かに他ならないだろう。

ダブルブッキング

先祖伝来の名刀を所有していた男は、ここのところ慢性的な胃痛に悩まされていた。

近頃では何をしていても、ふとした瞬間にシクリシクリと胃が疼痛《とうつう》を訴えてくるのだ。

幸いにして静子と知己《ちき》を得たことで、特別に研究中の胃薬を処方して貰って抑えている。

男には学がないため、静子の話していた内容がさっぱり理解できなかったが精鉱や製塩の副産物からできているそうだ。薬包紙に包まれた白い粉薬を水で飲み下し、何故このような境遇に陥ってしまったのかを振り返った。

男は相模国《さがみのくに》に住んでおり、この頃東国管領に静子が就任したことで織田家の勢力下に組み込まれた。

その際に静子から発布された東国に於ける原則的ないくさを禁じる法令により、自らの家を盛り立ててゆくには武勲ではなく学識や技術こそが必要となると知る。

そこで男は己の子供たちを尾張にある、静子の運営する学校へと入学させるべく支度金を調達する必要に駆られた。

親心として子供達が遠方で惨めな思いをせぬよう、十分な支度金を持たせてやりたいが無い袖は振れない。

こうして男は先祖伝来の家宝である名刀を手放すことを決意した。

そしてどうせ手放すのであれば少しでも高く買い取って貰え、かつできることなら大切に扱ってもらえる先が良いと考える。

そうなると真っ先に候補として挙がるのが、刀剣蒐《しゅうしゅう》集家《か》として知られている静子の存在であった。

織田家の勢力圏内に於いて名刀・古刀の類を売ろうとするならば、御用商人である『田上屋《たなかみや》』に持ち込むことで静子と繋ぎをとることができる。

男は伝来の家宝を最寄りの田上屋に預けて査定して貰い、静子から返事が届くのを待つことになった。

噂に伝え聞く静子の人物評は、価値あるものに対して金を出し惜しみすることの無い女性だということだ。

元より静子に対して値段交渉するつもりなど無かった男は、一仕事を終えた気分となって安心しきっていた。

この男の油断に対して魔が忍び寄る。唐突に男の許へと一通の文が届いたのだ。

差出人を見た男は図らずも絶句することになる。それは天下人と目される信長からの文だったのだ。

男にはそんな雲の上の人物から文を貰う心当たりが無く、取り敢えず内容を検めて絶望することになった。

信長からの文には、男が所有している先祖伝来の名刀を譲って欲しいという事が書かれている。本来であれば既に静子に対して売買を持ち掛けているため、信長に対してお断りをする旨返事を出すのが筋だった。

噂に伝え聞く信長の苛烈な性格と、天下人たる信長の要望を突っぱねることが男にはどうにも恐ろしい。

とはいえ、静子に対して自らが望んで買い取りを願い出た関係上、今更になって無かったことにして欲しいなどと言うこともできない。

何より我が子を預ける学校の運営者たる静子に対し、不義理を働くことなどできようはずがなかった。

「嗚呼《ああ》どうすれば良いのだ……」

家宝を手放そうと考えたことに対して先祖が怒りを示しているのかとも考え、男はすっかり憔《しょう》悴《すい》しきってしまい眠れぬ夜が続く。

信長に対して早急に何らかの返事をせねばならないというのに、どうすることもできないまま幽鬼のような形相《ぎょうそう》へとなり果てた。

そんな男に対して静子から直接会って話がしたいとの申し出が届く。千載一遇《せんざいいちぐう》の機会とばかりに、男は飛びついた。

男は静子に招かれて尾張を訪れることとなり、旅費や滞在中に掛かる費用全て先方持ちで尾張行きの船に乗る。

それからの数日間は驚きの連続であり、相模国しか知らない男にとっては見るもの全てが珍しい。

それでもこれからの事を考えると胃のあたりが痛みを訴えもしたが、広い船室に豪華な食事と現実離れした好待遇に暫し現実を忘れることができた。

こうして男は尾張に入り、静子邸へと招かれて彼女と謁見することになる。

「……なるほど。上様にも困ったものですね」

静子としては名刀の保管状態が良かったため、男に対してその来歴を教えて貰った上で買い取り交渉をしようと彼を招いた。

ところが目を血走らせた男は、静子と面会が叶うなり突然土下座して無礼を詫びた上で、名刀の買い取り自体を無かったことにして欲しいと願い出る。

突然の事態に静子は驚きつつも、男に対してその理由を問うた。

そして男から今までの経緯全てを聞き出した静子は、過剰なストレスからかすっかり土気色の顔色をしている男に告げる。

「事情はわかりました。上様には私から話をしましょう、悪いようにはしませんのでご安心なさい」

「そ、それでは刀をお返し頂けるのでしょうか？」

「いいえ、貴方に刀を返せば恐らく上様に召し上げられてしまうでしょう。それでは貴方が大損を被る羽目になる。ひとまずは私が買い取り、残る上様との交渉についても預かります」

「は……ははあ！　宜しくお取り計らい下さいませ」

男は静子の懐の深さと、一連のやり取りで生じる諸問題全てを巻き取って解決する能力にすっかりと心酔してしまった。

そしてこれまで胃を苛《さいな》み続けた肩の荷が下りたのと、張っていた気が緩んだせいか男はそのまま気を失ってしまう。

気が付けば男は静子邸から少し離れた位置にある療養所へと運び込まれ、不眠とストレス性の胃炎と診断されて暫く入院するよう告げられたのだ。

更に静子は男に対してこれまで通り、滞在中のすべてに掛かる費用を持つのでゆっくりと養生するよう伝言を残しており、男はこれに涙を流して感謝する。

こうして男から名刀を買い取ることになった静子は、偶然尾張を訪れていた信長に対して面会を申し込む。

程なくして静子の要望が聞き入れられ、静子邸の離れにある信長や濃姫《のうひめ》が利用する部屋にて会談をすることとなった。

「わしがお忍びで羽を伸ばしている時に、改まって何用じゃ？」

「上様が所望されていた刀は私が買い取りました。上様のお目当ては光忠《みつただ》作のこれでしょう？　天下統一を果たさんとされるお人が、子供の小遣いを取り上げるような真似はおやめください」

「何の話をしているのかわからんな。わしは貴様の御用商に良さそうな刀が持ち込まれたと小耳に挟んだから、わしも一枚嚙ませて欲しいと文を認めたまで」

「上様に望まれて、彼に否やが言えるわけないでしょう？　彼を案内してきた田上屋の番頭が言うには、随分と痩せて人相も変わってしまったそうです」

男が持ち込んだ先祖伝来の名刀は、備前長船《おさふね》派の祖である光忠の手によるものであった。

信長は実休《じっきゅう》光忠を筆頭に光忠作の刀を好んで蒐集し続けており、今回も食指を伸ばしたものと思われる。

「はてさて、貴様が何を言っているのかわからんな。わしは光忠作の刀が売りに出されたと聞いて、その前に一目見せて貰えないかと頼んだまで。わしに譲れなどとは一言も言っておらぬぞ？」

確かに男に宛てた信長の文には、手放す前に見せて欲しいとしか書いていないのだが、男にとっては献上せよと言われているに等しい。

全てをわかった上で信長はとぼけているのだ。

「私も蒐集家の端くれですから、上様のお気持ちもわかります」

「包平《かねひら》作を搔《か》き集めている貴様が言うと説得力があるな。ならば、わしが次に言わんとする言葉もわかるであろう?」

「わかっておりますが、形式上は私が買い取りましたゆえ、まずは写真に収めて資料を作り、写し(本物を真似て打たせた刀のこと)を作ってからとなりますのでご容赦下さい」

「良かろう。わしも貴様の趣味に水を差さぬ程度の器量は持ち合わせておる」

信長は鷹揚《おうよう》に頷くと静子の申し入れを了承し、上機嫌のまま安土へと引き上げていった。

まるで嵐のようだった信長の行動に振り回された静子は、自室にて大の字に寝転がる。

「うーん、今後も光忠作の刀が出てくると大変だな。上様お気に入りの刀工だしねえ」

信長は以前「この世に存在する全ての光忠刀はわしのものだ」と嘯《うそぶ》いており、たとえ一口《ひとふり》たりとも他人に譲る気が無いことが窺える。

それにしても静子の情報網にすら引っかからなかった光忠刀の存在を、信長がどうやって嗅《か》ぎつけたのかが気にかかる。

静子が田上屋を通じて名刀・古刀を募っているのは周知の事実だが、田上屋の支店や系列店などは日ノ本中に幾つあるかわからない程に多い。

その中の何処に持ち込まれるとも知れない全てを見張るなど、人員的にも無理だということは明らかだ。

田上屋を通じて信長に情報が漏れたという線はあり得ない。田上屋の創業者である久次郎《きゅうじろう》は、信用に重きを置く近江商人であるため、配下にも不義理に対する姿勢は徹底させている。

この絡繰《からく》りがわからない限りは、今後も信長に出し抜かれ続ける可能性があり、静子としても悩ましい事実だ。

「まあ仮に絡繰りがわかって対処したらしたで、今度は刀狩りみたいなことをしそうなんだよねえ……」

静子の不安が近い将来に現実のものとなることを、神ならぬ彼女は知り得なかった。

天下人の孤独

封建時代に於ける為政者は往々にして孤独だった。

中央集権型の権力構造をとっている為、組織のトップに様々な責任と権限が集中し、組織の肥大化とともに許容限界を超えてタスクを抱え込んでしまう。

その結果として、トップでなければできない仕事がどんどん増えていき、抱えている問題を誰とも共有や相談ができない状態が発生する。

戦国時代に於いては天下人が正にそれであり、長年仕えてくれた家臣たちですら野心を抱いて下剋上をしないとも限らない。

血を分けた親族であっても家督争いなどで頻繁に殺し合うのだ、他人ならば尚更だろう。

信長も実際に兄弟間で跡目を争っているため、彼が本当に胸の裡《うち》を曝《さら》け出せる人物は極僅かに限られた。

大多数の国人《くにびと》がそうであるように、信長にも伴侶たる濃姫には気を許し、己の弱い処すらも見せられる。

しかし信長には幸いにしてもう一人、気を許せる人物が存在した。

主君としての矜持から見栄を張りこそするものの、裏切りの心配も無く尽くしてくれる静子の存在がそれである。

「たわけが！　却下だ」

信長は静子から手渡された資料に目を通しながら宣言した。

一考の余地すらなく断言された静子は、勝算ありと思い込んでいただけに驚きの表情を浮かべてしまう。

「提案内容に問題がありましたでしょうか？　確かに今までは徳川様との共同事業かつ、防衛拠点を少なくするためにも規模を拡大できませんでした。しかし、東国でのいくさを禁じた今こそが好機なのです！」

「そうであろうな。確かに綿花の需要は年々高まり続けておる、衣類や寝具は言うに及ばず足満が開発しておる『無煙火薬』にも必要なのだ、増産は必至よ」

「そうでしょう！　だからこそ、この綿花作付け計画が必要だと――」

「わしは貴様に対する褒美について希望を聞くために呼んだのだ、誰が仕事の話をしろと言うた！」

信長が秘密裡に静子を安土へと招いたのは、東国管領だけでなく織田軍全般の兵站を一手に担い、またその成果を着実に積み上げていることに対する褒美を与えるためであった。

静子に対する褒美に関しては、信長をして難題であり、毎度頭を悩ませている。

何せ静子には個人的な欲というものが余りない。欲しい物があれば、「無いのなら作ろう」の精神でそれを作り出してしまうのだから始末に負えない。

お陰でこの世に二つと無い宝（主に刀剣）を与えるか、本人に欲しい物が無いかを聞き取る羽目になっていた。

流石の信長もそうそう名刀を何口も下賜できるはずも無く、今回もヒアリングをしようと気を回したことが弊害を生んでいる。

「仕事ではありません！　趣味と実益を兼ねた褒美です」

「ほう！　では、この分厚い作付け計画書はなんだ？」

「東国でも特に旧武田領につきまして、稲作が病魔の蔓延を招いておりますゆえ、食料を補償することでこれを綿花栽培に切り替えようという計画となります」

「民を水から極力切り離して生活させつつ、寄生虫対策を推し進めるという主旨は良い。この計画をいつ策定したのだ？」

「上様にご納得いただけるよう、ここ二月《ふたつき》ほど暇を見ては計画を練っておりました」

「普段の仕事はどうなっておる？」

「無論、それはこなした上で時間を捻出いたしました」

資料の出来栄えに自信があったのと、従来の仕事に穴を空けずに成果を出せたことに珍しく静子が胸を張る。

「それで、どこの部分が貴様の趣味なのだ？」

「徳川様と綿花栽培を始めて以降、ずっと綿花の種子を貯め続けてきました。そして東国が平定された今こそがそれを活用すべき時なのです！　旧武田領の民たちにとって食えもしない綿花栽培など不安でしょう、しかし綿の需要は供給量に対して数倍から十数倍ほども見込まれます」

「つまりは、それが民たちの飯の種になるという訳か」

「それだけではありません。綿製の衣類や寝具が普及すれば、冬場に於ける死者の数を減らすことができるのです。乱世の終わりを告げる作物、それこそが綿花だと私は思うのです！」

「ああ、貴様は民が健やかに過ごせることに腐心する奴だったな……」

瞳を輝かせて力説する静子に対し、信長は重いため息を吐き出した。

信長は他ならぬ静子自身が貧しい農村から身を興したことを知っている。

最初に静子が村長を務めた村などは、寒さを凌《しの》ぐ充分な衣類もなく凍える夜を経験しているのだ。

辛く惨めな思いを今なお続けている民たちに、少しでも早く救いの手を差し伸べてやりたい、静子のその気持ちは尊く素晴らしいものだと信長も考える。

しかし、対外的に見て信長が忠臣たる静子に与える褒美として適しているかは別問題なのだ。

「とにかく、もう少し褒美と見えるよう外面を取り繕え！　それでなくば許可は出せぬ」

「『土地の開発利権を与える』では褒美となりませんか？」

「貴様の直轄領が加増されるならば褒美ともなろう、だがそこは森家の所領だ……お前が身銭を持ち出すことの何処に褒美の要素がある!?」

「森家が富めば勝蔵君もご実家に対して面目が立ちますし、延《ひ》いては彼が私に報いてくれることで私にも利益となります！」

「そのような迂遠な褒美を喜ぶ者など、この世におらぬわ。貴様とて女子の端くれ、何かこう宝飾品やら嗜好品やらを望まぬのか？」

「確かに世の女性はそういった物を好むのでしょうが、生憎《あいにく》と私は興味がございませぬ」

言葉通り静子は自らが着飾ることに興味を持たず、嗜好品についてはそもそも生産者として幾らでも都合を付けられる立場にある。

本人的には美的センスが悪いと考えており、その辺りは彩や蕭に任せきりとなっていた。

「そういえば白粉《おしろい》に関しても禁令を出していたのだったな」

「尾張・美濃《みの》以外で普及している白粉には鉛が入っていますから。鉛白《えんぱく》は美しい白色を呈し、伸びが良く透明感がありますが多用すれば鉛中毒に陥りますので」

余りに着飾ることに興味を持たない静子が、珍しく美容に関するものに執着していると耳にして信長は喜んだのだが、自らの美を追及するのではなく白粉に含まれている鉛や水銀などの重金属を問題視していただけだった。

「流石に化粧品は貴婦人にとっても重要ですからね、それなりに権力が無ければ話すら聞いて貰えませんから控えておりました。しかし、東国管領の任についた以上、健康被害を抑えるためとの大義名分がございます」

　東国管領就任以降、静子の影響力は尾張だけに留まらない。東国全体に対して絶大な権限を持っているため、各国に対して布告を出すことが可能となった。

　こうして東国全体に対して白粉の危険性を説き、その製造元については代替品の製法すら伝えるという大盤振る舞いをしている。

「まあ、それは貴様の好きにせよ。それよりも貴様の褒美についての話が先じゃ！」

「ですから、開発許可さえ頂ければ構わないと……」

　話が堂々巡りをしていて実に下らないやり取りなのだが、信長は静子とこうしたやり取りをするのが嫌いでは無かった。

　決して口にはしないものの、何の衒《てら》いも腹の探り合いもない馬鹿なやり取りをする時間が信長の心を休める一助となっている。

（此奴は日ノ本の半分を支配する立場となったというのに、その性根は昔と何も変わらぬか）

「もうよい、綿花については貴様の思うようにせよ。取り敢えず何か外聞の良い褒美をわしが考えておく、貴様はそれを皆の前で受け取ってみせよ」

「本当ですか!?　上様、ありがとうございます！」

　信長の返事を聞くや、実に嬉しそうに席を立つ静子に、信長は呆れ顔を浮かべつつも笑みが漏れてしまうのだった。

四六と器の事業運営

正月に静子から四六と器に対して出された課題、大きなお金の使い方について二人の出した答えが実を結びつつあった。

最初は二人が別々に課題に取り組もうとしていたが、資金力を大きくした方が沢山の可能性があるとの結論に至る。

そこで互いに共同事業を始めることとし、それぞれの得意分野で活躍できるよう事業計画を練った。

かつて器は幼少期にネグレクトを受けていた影響から、実年齢に対して発育の遅れが見られていた。

しかし、静子邸に引き取られ静子から愛情と恵まれた教育環境を与えられたことで、驚異的な成長を見せる。

特に情緒面の発達が遅れてしまった代償なのか、数学に対して静子をも驚かせる適性を見せたのだ。

この才能を伸ばすべきだと考えた静子は、経理に携わる事務方がやっている『MG（マネジメントゲーム）研修』へ自分と共に器も参加させる。

最初は見知らぬ大人だらけの環境で人見知りをする器だったが、ＭＧ研修中に提供される食べ放題のお菓子や、思いの外大人たちが優しくまた、自分を褒めてくれることでＭＧ研修を好きになった。

大人たちについても、最初は静子の養女であるため遠慮があったのだが、次第に懐いてくれて同じ課題に取り組む小さい仲間を大切に思うようになる。

こうなれば全てが好循環で回るようになり、器は持ち前の数学系能力も相まってメキメキと実力をつけ始める。

次第に静子が不在のＭＧ研修にも参加できるようになり、自己肯定感がついたと同時に社交性をも身につけた。

また器という前例ができたことで、『こどもＭＧ研修』と称して関係者の子女が参加する研修も開催されるようになり、器もまた他人に教えることで理解を深める。

更には MＧ研修を機会に、器は経理に興味を持ち始め、簿記や財務諸表についても事務方と一緒に学んでいた。

こうした経緯もあって、器は経理についての知識を深め、そこを起点に銀行というものに対して興味を持つようになった。

しかし、この時代に於ける貸金業はすっかり衰退してしまっている。

何故ならいくさに託《かこつ》けて略奪が認められており、貸す借りるといった面倒な約束事が守られなくなった為である。

史実に於ける信長は、上洛を果たし三好《みよし》三人衆と戦っている最中、堺の商人たちに対して矢銭二万貫（現在の貨幣価値に直せば二十数億円とも）を供出するよう要求している。

こうした経緯から、この時点で曲がりなりにも銀行業を営んでいる『田上屋』を除けば、資金調達には伝手《つて》を頼って借金するしかない。

そこに目をつけた四六と器は、貸金業を始めることにした。

四六には静子の後継者としての仕事もあるため、主に武力を背景とした債権回収及び広報と資金提供を担ってもらう。

器は経理及び財務に明るいことと、一緒にMG研修を受けた者たちから希望者を募り、金融業を始めることとなった。

初めは独立した店舗などを持たず、静子邸の一角で始まった貸金業だったのだが、滑り出しはなかなかの好調となる。

何故なら静子邸に出入りできる業者が仲介しての顧客ばかりであり、客筋も良く身許もしっかりとしている。

また紹介者には仲介手数料が支払われること及び金利が安いこともあって、徐々に器の顧客が増えていった。

余談だが鎌倉時代の借金にあたる銭の出挙《すいこ》は一年後に元金の倍額を返す利倍法がまかり通って

いた。

当初は静子邸に出入りできる業者からの紹介だった顧客も、顧客が更に紹介をするなどと仲介回数が嵩むに連れて客筋も悪くなってくる。

それでも静子邸に間借りしていた頃は、流石に領主の邸内にて悪事を行う度胸は無かったのか、問題行動を起こすような客はいなかった。

しかし、事業規模の拡大に連れて静子邸の一角では手狭となり、城下町に本格的な店舗を構えての営業が始まった途端に悪意が忍び寄ってくる。

こうした背景から融資を執行するにあたって、器の持つ特殊な能力が真価を発揮することとなった。

器は幼い頃より虐待を受けた経験から、他者からの悪意に対して敏感に反応する。

つまり、悪意をもって金を騙し取ろうとする輩を恐ろしい精度で見抜くことができたのだ。

「――と、このような計画で事業を展開する予定をしております」

屋号を『尾張金融』と号した店舗の応接室にて、融資を依頼しにきた客から経営計画の説明を受ける器の姿があった。

「ありがとうございます。お話は伺いましたので、ご融資の成否については後日連絡を差し上げます」

「はっ！　何卒よろしくお願いします」

男は恭《うやうや》しく一礼をすると応接室を辞した。残された器は小さくため息をついた。

客の男は、担当者が年若い女であったことで器を侮っていた。

それらしい話をしてやれば容易に騙せると思い込み、上機嫌で帰って行ったのだ。

しかし、器は前述の感覚を以て男の悪意を見抜いており、最初から融資をするつもりもなかった。

「器、今の客はどうだった？」

別室に控えていた四六が顔を出して器に話しかける。

「兄様《あにさま》、今の方はいけません。こちらを騙してお金を引っ張ろうという魂胆でしょう」

「ならば融資をしないだけで、森様に仕置きを依頼するまでもないか」

嘘つきは泥棒の始まりと言うように、犯罪は往々にして小さいことから始まり、徐々にその規模と凶悪さを増していく。

虚偽の経営計画を以て融資を受けようとするのは、立派な詐欺《さぎ》に該当し、かなり取り返しの付かない悪事であると言えた。

こういう手合いは他の悪事にも手を染めていることが多く、悪の芽を摘むべく介入する口実としても使えるのだ。

四六と器は、そういった荒事を長可に委託しており、彼及び彼の配下は小遣い稼ぎ感覚で嬉々として悪党退治に従事する。

こうして表の顔には器を用い、与《くみ》し易いと思わせながらも悪意にはそれ以上の悪意で返す金融屋が誕生した。

それでも金融業を営んでいれば不測の事態は発生し、顧客側に悪意が無くとも貸し倒れが発生することはある。

これに対しては、四六自らが正規の法に則り債権回収を執行する。

決して過剰な追い込みをせず、また生きていけない程の苛烈な取り立てもしないという温情をも見せた。

それは事業目的が金儲けだけではなく、社会を円滑に回す潤滑油たらんとしたことに端を発しているからだ。

こうして四六と器が始めた金融業は、需要を取り込み成長し始める。

いずれ泰平の世になった折には、高利貸しや闇金融などが問題になるのだろうが、それはまだ先の話。

かりんとう騒動

「上様、少し太りました？」

静子が放った一言によって場の空気が凍り付いた。

安土城は謁見の間にて諸将が居並ぶ中、静子が帰還の報告をしていた際のことだ。

誰しもが認識していながらも決して指摘できなかった事実を静子が突き付けてしまった。

時は少し遡り、静子が関東開発の視察に赴くこととなる。

現地に派遣された技術者達が事前調査を実施し、ある程度の結果が纏まった段階で責任者たる静子を招いて説明をする段となったのだ。

そうして静子が関東行きの準備をしていると、彼女の許を前触れなく訪ねる人物がいた。

その人物とは濃姫であり、これから発展していくであろう関東を見物に行きたいと言い出す始末。

静子としては貴人を連れての旅行など恐ろしくて仕方ないため、信長の許可を得られたならばお連れしますと答えてしまった。

そんな静子の思惑程度、濃姫にとっては想定の内であり事前に取り付けてあった信長の書状を見せてにんまりと微笑まれる。

こうして信長に対し、真正面から諫言《かんげん》できる人物が期せずして長期間不在となった。

「さて、口煩い奴らが居らぬ間に羽を伸ばさねばの」

信長は二人が耳にしたら洒落にならないような問題発言をしながらも、畳にゴロリと横になって茶菓子を貪《むさぼ》っていた。

近頃の信長お気に入りの茶菓子が『かりんとう』である。

選び抜かれた上質な小麦粉を練った生地を棒状に伸ばして成形し、癖のない白絞油《しらしめゆ》で揚げた上に黒糖と蜂蜜に僅かな醤油を混ぜた蜜を絡めた逸品だ。

その軽い口当たりとは裏腹に濃厚な甘さと、深いコクをたたえた旨み、更には揚げ菓子の持つ重厚さが相まって凄まじい中毒性を発揮した。

信長は自他ともに認める甘党であり、酒などは嗜《たしな》む程度で深酒も暴食もしないのだが、甘味に関してだけは歯止めが利かなかった。

不惑《ふわく》（数え年で四十歳）を随分と前に迎えた信長は、糖分の摂取量に関してだけ静子から厳しい制限が課せられている。

放っておけば三度の食事を抜いてでも、お菓子を食べ続けるという悪癖があり、静子は提供するお菓子の量には万全の注意を払っていたのだ。

普段から鍛錬を怠っていないとはいえ、信長自身が前線に立つことは最早ないだろう。そのためどうしても運動量が下がってしまう。

更には年齢から来る代謝量の低下も相まって太り易くなっていることと、本来戦国時代にはあり得ない量の砂糖を使った菓子を供することに静子は懸念を抱いていた。

こうして誰も信長の自堕落振りを指摘できない間、食っちゃ寝を続けてしまった信長は有り体に言って太った。

それは誰の目にも明らかな程ふくよかになって来ていることが、膨らんだ顔から察せられる。

しかし、信長の勘気を買うことを恐れて誰もそれを指摘できず、また静子の定めた制限すらも守られなかった。

その結果が、関東より戻ってきて早々に放たれた冒頭の台詞となる。

「そ、そのようなこと有るはずが無かろう！　わしが肥えたとな？　まさか！」

愛娘に等しい程に可愛がっている静子からの鋭い指摘に、流石の信長も動揺を隠せない。

そんな狼狽している信長を一顧だにせず、彼女は容赦なく手鏡を信長に突きつけてくる。

「これでご自分のお顔をご覧になって下さい。明らかに太りましたよね！　私との約束を破られましたね!?」

「……」

すっかり窮地に陥った信長は、思わず助けを求めて周囲を見回すが、居並ぶ諸将の誰もが信長と視線を合わそうとしない。

静子は疑問形で訊ねてはいるものの、信長の太り方を見て一目で過剰なカロリー摂取が行われたことを看破していた。

「さて、上様！　私とのお約束を破られた以上は、当分おやつは抜きとさせて頂きます。さあ、こちらに乗って下さい」

そう言うや否や、静子は何処からともなく平たい板状の機械を取り出して信長に突きつける。表面に足裏の形が描かれたそれは、バネ秤式の体重計であった。

技術街の総力を以て作り上げた最新式の小型体重計であり、健康管理を数値で行うという画期的な方法でもある。

元々の信長の体重が測られていないため、静子は信長の身長を巻き尺で手早く測ると体重計の数値を読み取りＢＭＩを計算する。

ＢＭＩとはBody Mass Indexのそれぞれの頭文字を取った略語であり、肥満度を示す指標として広く用いられているものだ。

それで計算すると信長のＢＭＩは25であり、軽度の肥満と評価された。

この程度であれば健康体の範疇《はんちゅう》なのであるが、明らかに太っている信長に対して静子は容赦がなかった。その結果、厳しい食事制限といつもより長い運動時間に、長めの入浴時間など徹底して体重管理がなされた。

こうして信長は比較的短い期間で健康的に元の体型を取り戻したのだが、この一連の事件以来彼の嫌いな物に『体重計』が加えられることとなるのだった。

ワーカホリックに効く薬

静子邸には数多くの動物たちが人とともに生活をしている。

その筆頭はハイイロオオカミのヴィットマンとバルティの子であるカイザー、ケーニッヒ、アーデルハイト、リッター、ルッツの五頭。

他にもマヌルネコの丸太、ターキッシュアンゴラのタマとハナ、ユキヒョウのゆっきー、しろちょこ、ミミズクのアカガネとクロガネ、オウギワシのシロガネが邸内を住処《すみか》としている。

そして飼育している訳ではないが静子邸のゴミ捨て場付近を縄張りとするカラス達が屯《たむろ》していた。

「丸太……寝るならあっちに寝床があるよ？」

静子の文机のど真ん中に陣取り、丸くなっている丸太をつつきながら静子が呟く。

彼女が言うように、静子の私室には藁で編んだ小型の『かまくら』のような物体が無造作に設置されていた。

これは『猫ちぐら（または猫つぐらとも）』と呼ばれる物であり、狭い場所を好む猫の習性を利用した猫用のベッドとも言える。

藁を丁寧に編み込んで作られる猫ちぐらは通気性が良いにも拘わらず、保温性も高いという矛盾を成立させる工芸品であり、猫にとって居心地の良い寝床となるはずなのだが丸太がこれを利用することは無い。

一体何が気に入らないのか、色々な猫ちぐらを丸太に与えたが見向きもされず、気が付けば静子の文机のど真ん中で丸くなっているのが常である。

強引に動かしても必ず戻ってきて陣取るため、静子は仕事の手を止めるか、それとも机の端で仕事を続けるしかない。

「まったく。私はこう見えても忙しいんだぞ？」

口では文句を言いつつも、静子は笑みを浮かべて丸太の背中を優しく撫でる。静子が丸太に構っている気配に気づいたのか、何処からともなくカイザーたちも室内に入り込んできて静子の足元をうろうろし始めた。

そんなカイザー達の様子を愛らしく思った静子は、椅子から立ち上がるとカイザーに抱き着くようにして覆いかぶさってその毛並みを堪能する。

そうこうする内に静子は愛用のブラシを取り出して本格的にカイザーたちの毛繕《けづくろ》いに着手し、小一時間もすると静子及びカイザーたちは床に大の字になって寝転んでいた。

一仕事をなしおえた静子は体に付着した毛を払い落としながら満足げに立ち上がると、中断した仕事を再開しようと文机の方へと視線を向ける。

静子の決裁を待つ書類は未だに残っているが、相変わらず丸太が机上を占拠しており動く気配

がない。

「今日はもう良いか……」

急に仕事を続ける気が失せてきた静子は、諦めて仕事道具を片付け始めた。

ワーカホリックの静子が自主的に仕事を中断したのを見た丸太は、大きく欠伸《あくび》をしながらもそれで良いとばかりに尻尾で静子を撫でる。

暫く静子の文机に陣取っていた丸太だが、静子が仕事を再開しないことに満足したのか唐突に起き上がって部屋から出て行った。

それを見送った静子は、丸太が戻ってくる様子がないのを見て仕事の虫が疼《うず》きはじめる。

静子は中断していた仕事を再開できるかなと思い、仕事道具を取り出そうと腰を上げかけた。

すると今度はカイザーたちが一斉に静子の文机を囲むように円を描くように寝始める。

一番体の大きいカイザーに至っては、丸太がいないのを良いことに文机の天板上で横になって寝そべり、机の端から端までを占領してしまった。

こうなってしまえば静子の腕力ではカイザーをどかすこともできない。

「はい降参」

どうあっても静子に仕事をさせないというカイザー達の態度に、静子はついに手を挙げた。

カイザーが仰向けになって寝ているのを良いことに、静子はカイザーの腹に顔を埋めてその柔らかい毛並みと確かな体温を確かめる。

こうして静子がカイザーのぬくもりを感じていると、ケーニッヒやアーデルハイトも次は自分だとばかりにすり寄ってきた。

存分に狼たちと触れ合って幸せ成分を補給した静子は、狼たちと共に床に寝転がって天井を見上げながら呟く。

「……明日でいいか」

彩が聞けば思わず問い返しそうな言葉を口にした静子は、瞼を閉じて自分が枕にしているカイザーの心音を聴きながら夢の世界へと落ちていく。

(偶にはこういう日も……悪くないよね)

それを最後に、静子は意識を手放した。

呑兵衛の習性

静子邸の一角、風通しが良くて日陰になり易い場所に酒蔵が並んでいる。

何故か頻繁に賓客《ひんきやく》が訪れる為、饗応《きようおう》の席に供される酒類は欠かすことができない。

静子自身が酒蔵を運営しており、また積極的に自領内へと技術開示を行っていることから献上される大量の酒までもが納められていた。

彼女自身は酒を飲めないことも無いのだが、極めて酒癖が悪いため信長より直々に禁酒令を出されており、静子がこれらを消費することはまずない。

となれば酒蔵に仕舞われた酒たちが死蔵されているのかと言えば否である。

静子邸に起居する者の中には無類の酒好きがおり、そんな呑兵衛《のんべえ》達は時折酒蔵から酒を拝借するのだった。

「今宵の酒は何にしよう」

そんな呑兵衛の一人、慶次が提灯《ちようちん》片手に蔵内を物色している。

「慶次殿、これなぞ如何か？」

呑兵衛の二人目である兼続《かねつぐ》が一つの酒樽を指さす。その指先にある樽は大柄な慶次をして一抱え以上もあり、高さも膝上に達する堂々とした物だ。

それは四斗樽《と》と呼ばれる大きな酒樽であり、その容量は名前の通り四斗（一斗は十八リットルであり、この場合七十二リットル）に達する。

我々が普段目にすることの多い一升《しょう》瓶換算で四十本分と言えば、その大きさが想像できるだろう。

静子邸の酒蔵には概ね四種類の酒樽がサイズごとに並べられており、小さい方から五升樽、一斗樽、二斗樽、四斗樽となる。

酒造産業振興及び醸造研究のため、静子は多くの酒を買い求めてもおり、この蔵内には相当数の清酒及び濁り酒が納められていた。

「『七郎坊《しちろうぼう》』か……それは先週飲んだし、今日は濁り酒じゃなくて清酒が飲みたいな」

「それなら『鬼の枕《まくら》』か、それとも『飛驒の雫《ひだしずく》』あたりが手頃だろう」

慶次の言葉を受けて兼続が思いつく清酒の銘柄を挙げていく。

七郎坊とは酒造りの為に名水を求めて深山へと分け入った蔵元《くらもと》（酒蔵のオーナー）が遭難し、あわや命を落としかけた際に彼を救った天狗に感謝をして付けた名前である。

空腹と脱水症状で死を待つばかりだった蔵元に水と食料を分け与え、清水が湧き出る場所を教えた上に里まで送ってくれた親切な天狗が名乗った名前が七郎坊だったことに由来する。

その折に山鳥と山菜とで作り、振る舞ってくれたこの世の物とは思えないほど香《かぐわ》しく、辛くて汗をかきながらも食べ続けてしまった絶品の鍋が忘れられなかったことから『七郎坊』の徳利《とっくり》は鍋の色である黄色に染められているという。

余談だが『鬼の枕』にも逸話があり、蔵開きの際に招かれた長可が甚《いた》く気に入って痛飲し、空き樽を枕に眠りこけてしまったことから鬼武蔵が枕にした銘酒として知られるようになり、それに気を良くした蔵元が付けた名前となる。

『飛騨の雫』に関してはそういった由来などは無いのだが、清酒を広く庶民でも飲めるようにしたいという蔵元の意思によって価格を安く抑えて作られた銘柄である。

精米歩合《ぶあい》（玄米から表層部を削って残った米の割合、数字が少ないほど雑味が少なくなる代わりに捨てる部分が多いため高価になる）が七割と高いため、やや粗削りだが安価であり広く庶民から愛される清酒となっている。

「しかし静っちは自分じゃ飲まないのに、良くもこれだけ酒を集めるもんだな」

『鬼の枕』の酒樽を前に慶次が呟く。

静子の酒蔵には実に多種多様な酒が揃っており、果ては時の帝に献上したほどの銘酒も眠っている。

「おいおい！　天覧品評会（天皇ご臨席での品評会）で最優秀を獲って五位（昇殿を許される冠位）を賜ったとされる献上酒の『静誉《しずかほまれ》』まであるぞ。一口飲んでみたいが、開けたら最後だな……」

「違いない。樽が空っぽになるまで飲む自信がある」

尾張で清酒造りが始まって以来、幾度も酒の品評会が行われてきたが、昨年は帝のご臨席があっての品評会が開催されたのだ。

その品評会で最優秀を獲得した清酒はその名を『静《しずか》』と号していた。

これは静子が蔵元を務める酒蔵にて、杜氏《とうじ》（酒蔵で酒造りをする人たちの長）が過去一番の出来だと自負し、主人の名を一文字拝領して『静』としたという経緯がある。

空気が澄み渡り、シンと静まりかえった冬の早朝を思わせるような透明感のある端麗かつ辛口な口当たりには審査員を始め、味見を買って出た帝すらをも唸らせたという逸品だ。

満場一致で最優秀となった上に、帝より五位を賜ったことから銘を『静誉』と改め、酒好きの間では恐ろしい値段で取引されているという。

二人の呑兵衛にとっては垂涎《すいぜん》の的なのだが、彼らはかつて信長の為に特別に用意された酒を飲み干してしまったという前科がある。

その結果として三か月に亘る禁酒令を受けた二人は、周囲が旨い飯を食って酒を飲んでいるのに指を咥えているしかない苦しみを体に刻み込んだ。

あの地獄のような三か月を思えば、二の足を踏んでしまうのも仕方ないだろう。

「いくら銘酒といえども、酒蔵開放の折には振る舞い酒となるだろう。それまでの我慢よ」

「今年仕込まれた新しい酒が入ると、古いものから順に入れ替えとなるからな。その時はあらゆる酒が振る舞われるゆえ、その時まで唾を付けておくとしよう」

如何に長期保存に適した酒蔵であろうとも、流石に保存期間が長くなるにつれて味が落ちてしまう。

一般的に日本酒はワインやウイスキーのように、何年も熟成を重ねて楽しむようにつくられておらず、おおむね一年程度で飲み切ってしまうのが目安とされる。

それゆえ静子は一年ごとに古い酒と新しい酒を入れ替える酒蔵開放の日を設けていた。

この日に限っては静子邸で働く人々や醸造所の蔵人《くらびと》（杜氏以外の酒職人）を始め、外部の人々すらも招いての振る舞い酒が供されるのだ。

当然のように静子の主君である信長も招かれるのだが、彼は酒よりも甘いものを好むため兼続たち越後勢や藤次郎《とうじろう》（後の伊達政宗《だてまさむね》）たち伊達勢などにも貴重な酒が回ってくるという訳だ。

「よし、他の酒好きに見つかりにくいように樽を端に寄せて裏を向けておこう！」

「それは名案！　では今日はこの『東の司《あずまつかさ》』にしようか」

「ようし、それじゃ徳利に移すぞ」

そう口にするやいなや慶次は『東の司』と銘打たれた樽を開けて、持ち込んだ柄杓《ひしゃく》と漏斗《ろうと》を使って酒徳利《さかどつくり》に移し替える。

静子の馬廻り衆は皆酒好きなのだが、そこに兼続を加えた四人は度々酒と肴《さかな》を持ちよって酒宴を開くのだ。

二人一組となってそれぞれに酒班と肴班に分かれて調達し、それを持ちよって宴が催されるのが定例となっていた。

「旨い酒と肴、これさえあれば生きてゆける」

「越後でも清酒を造れぬものだろうか……織田殿が天下統一をなさったら、静子殿にお願いしてみよう」

「遊んで食べて寝る、という生活が終わるな。越後に戻ったら酒造りに精を出してみてはどうだ？」

「泰平の世となるならば、それも良いやも知れぬ」

「おっと、もう満杯か」

酒徳利が満たされたのを見て慶次が手を止めた。

そして床に置かれた酒徳利は六つ、それらを纏めて持参した縄で首を縛って腰に結わえ付ける。それなりの重量が有るというのに軽い足取りで出口へと向かう慶次を追って、兼続も腰に四つの徳利を括り付けて後に続いた。

「今宵も楽しい夜酒と洒落こもう」

慶次の楽しげな声に兼続が頷く。翌日、四人とも酔い潰れて昼まで寝過ごしたのは語るまでもない。

艶本騒動

戦国時代の日ノ本に於いて書物と言えば手書きの物が主流であり、ごく一部の限られた地域にのみ出版された書物が流通している。

その限られた地域とは帝のおわす政治の中心地である京と、最先端の流行を発信し続ける尾張となる。

何故ならば印刷の要《かなめ》となる輪転機及び、大量のインクと紙を用意できるのがその二拠点のみに限られるからだ。

静子の義父にあたる近衛前久が主導している京の出版物は、主に新聞や仏書に歴史書などといったアカデミック色の強いものが多い。

一方の尾張では静子の統治ゆえか、通俗な娯楽書も認められており、高い識字率も相まって庶民の間に読書文化が根付いていた。

この文化を下支えしたのが、かつてガラスペンを所持していたことから静子に囲われた少女達だ。

彼女たちの名前を詩《うた》と海《うみ》と言い、前久が京屋敷で定期的に出版している公家向け新聞である『京便り』に絵巻物を寄稿している。

公家の間では正体不明の人気作家となった二人だが、彼女らの本質は衆道《しゅどう》をこよなく愛する腐女子であった。

詩は高い教養と豊富な語彙力に裏打ちされた文章を紡ぎだすことに長じており、海は天才的なセンスによって似顔絵や風景を描くことを得意としている。

それぞれの得意分野が融合した結果、この時代の似顔絵と比較して写実的な筆致の大きなイラストが添えられた紀行文風の衆道小説が誕生した。

作家としては天才的な二人だが、『京便り』への絵巻物を定期的に寄稿するにあたり致命的な問題が表出する。

それは二人ともが趣味人であるため、執筆活動に没頭するあまり日常生活を疎かにしてしまうという点だ。

これを是正すべく静子が派遣したのが澪《みお》という名の少女であり、二人と同年代ながら家事全般を得意とし、連載の進捗管理から食事に掃除にと世話を焼いてくれるお母さん的存在だ。

三人の少女達が一組となり、本業である絵巻物の合間を縫って執筆される衆道娯楽小説は、一世を風靡《ふうび》していた。

尾張に於いてはそれなりの部数が印刷され、庶民の間には貸本屋を通して届けられることとなる。

貸本屋では常に人気のタイトルであり、新刊が届けば即日全てが貸し出し済となり、既刊ですら返却待ちとなることが多い程の人気を博していた。

これまでの書籍と言えば知識を継承するための堅苦しい物であり、そもそもが高価であるため購入できるのも仏家や武家、公家などに限られている。

しかし、娯楽作品の流通と貸本屋という業態による安価での供給により、庶民たちの手に届くところとなって熱狂を生み出すこととなる。

彼らは数人で金を出し合って本を借り、仲間内で回し読みをしては感想や考察を語り合い、やがては自分たちでも作品を書いてみたいと思うようにまでなった。

これに目聡く反応したのが生き馬の目を抜く業界に生きる商人達だ。

彼らは特殊な機材が必要となることから競合他社の少ない、所謂ブルーオーシャンである出版業へと進出する。

静子や前久は常に最新式の輪転機を使用しているが、型遅れとなった旧式の輪転機は払い下げられて市場へと流出していた。

前述の商人達はこれを買い取り、運用方法や消耗品などを静子の御用商たる『田上屋』から仕入れる形で出版会社を立ち上げる。

尾張には旅籠《はたご》用のガイドブックを出版した折に、ガリ切りなどの出版に関するノウハウを持った人材が生まれていた。

それらの人材を雇い、また自分でも娯楽小説を書かんと志した作家の卵を囲い込むと様々な出版物を刊行し始める。

東国に於いて尾張が最も金回りの良い庶民が集まる国であるため、こうした小規模出版社を支え得る土壌が形成された結果、娯楽小説だけに留まらず様々なハウツー本やガイドブックに相当するような書籍までもが出版されるようになった。

教養人である仏家や公家などからは娯楽作品など低俗でけしからんという声もあったが、実質的な東国の統括者たる静子が容認している以上、表立って文句を唱えることもできないでいる。

こうした特異な環境下に於いて庶民の娯楽が醸成され、史実での江戸時代に先駆けて大衆文化が花開くこととなっていた。

「それで、言い訳があるなら聞くよ？」

「申し訳ございません！」

静子の冷ややかな問いに対して詩と海は揃って綺麗な土下座を披露した。

一瞬の遅滞すらなく土下座を敢行する様は、既に土下座慣れしているのでは無いかと思えるほどであり、そんな二人の後ろで澪も疲れた表情を浮かべて頭を下げる。

二人が何をやらかしたのかと言えば『艶本《えんぽん》（性交渉を絵や文章で表現した本、春本とも）』を流出させたことにあった。

お上がこれといった規制をしなかったのを良いことに、執筆者側はどんどん過激な作品を世に送り出し始め、その流れが行きつく果てに艶本がある。

海の手による耽美な筆致の春画は、絶大な影響を生み出してしまった。

露悪的なまでの性表現の発露を受け、流石に静子としても規制に乗り出さざるを得ない状況へと発展した結果がこれである。

「流石にこれは公の目に触れて良い物ではないよね？」

「仰る通りにございます！　どうか御寛恕《かんじょ》下さいませ!!」

詩と海は必死であった。何せ静子の匙加減一つで、己の全身全霊を掛けて生み出した我が子とも呼べる作品の行く末が決まるのだ。

規制の程度が軽ければ流通の制限で済むが、最悪の場合は作品回収の上に焚書《ふんしょ》となる可能性すらある。

なんとしても我が子の命を繋ぎたい詩と海であった。

「……まあ良いでしょう。澪、これに関しては貴女に一任します」

今回の件で何が問題になったかと言えば、所謂『生モノ（実在の人物をネタにすることを指す隠語）』であり、流石に本名そのままでは無礼討ちもあるため多少改変していたのだが、明らかに元となる人物がわかった。

これは詩と海の作品では無いが、例えば森蘭丸《らんまる》を『守《もり》家のお藍《らん》』という女性として描いた作品までもあったのだ。

静子としてはこれらの先駆けとなった二人の作品を規制することで、近い将来起こりうる大惨事を回避したいという思いがある。

出版業界に於いては巨匠のように崇められている二人を罰することにより、業界全体に対して警告を発することさえできれば焚書まではしなくても良いと考えた。

その結果、二人を監督する立場である澪に裁定を委《ゆだ》ねることとしたのだ。

「此度の件は、静子様のお手を煩わせることになり申し訳ございません。この二人には私からキツく言い聞かせます」

澪は二人の監督者として静子に謝罪すると、問題となった作品の版元となる原稿を受け取った。澪が原稿を受け取った瞬間、詩と海が期待のこもった目でこちらを見ていることに彼女は気付く。

三人が静子との面会を終えて静子邸を辞すと、詩と海は希望から絶望へと叩き落されることとなった。

わざわざ京より尾張まで呼び出され、主君より直々にお叱りを受けた上での沙汰預けである。

三人は城下町でとっていた旅籠に帰りつくと、澪が二人に向かって底冷えするような声音で言い放った。

「二人ともここに座りなさい！」

「え、でも……」

「せ・い・ざ！」

いつも慈母《じぼ》の如き笑みを浮かべている澪が、能面のような無表情になっていることに恐怖を覚えて板の間に正座する。

僅かな口答えすら許されない空気に、二人はようやく澪のご機嫌が恐ろしく悪いことを自覚した。

詩は視線を澪から彼女が睨んでいる紙の束へと移す。

それは二人の原稿を用いて謄写版《とうしゃ》（ガリ版とも）にて印刷された製本前のものであった。

既に領主である静子の名に於いて布告が出されており、度を超えて過激な出版物は販売を禁ずる旨が通達されている。

これに震えあがった出版社は製本前の印刷物を二人の許へと送り返したという経緯がある。

出版社に原稿を送り返されたのは二人に限った話ではないため、尾張の各所でこのような光景が繰り広げられていることだろう。

「私は二人に忠告したよね？　実在の人物を題材にした艶本は止めなさいって。二人が頷いたから、理解してくれたかと思ったんだけれど甘かったようだね」

澪の手から原稿が滑り落ちた。詩と海は澪が何をするか理解していたが、凄絶な表情を浮かべている澪を止めることなどできるはずも無かった。

部屋に作りつけられている囲炉裏にくべられる原稿に火が点き、徐々に燃え広がって灰になるさまを呆然と眺める二人。

「二人はちゃんと反省すること。今回は今後出版する物に関して規制で済んだけれど、最悪の場合は今までに世に出した作品を全て回収した上で死を賜ることすらあったんだからね！」

二人を心配するあまり涙声になりながら、心を鬼にして彼女たちが大事にしている原稿を燃やす澪の姿は、見惚れるほどに美しかった。

制服、その後

静子が企んだ彩の着せ替え人形計画は、他でもない彩本人の手によって潰えた。

嬉々として静子が描き上げたラフ画の大半が却下され、比較的穏当なデザインのもの数点だけが候補として残される。

残ったデザインについても、洋服ではなく和服ベースに改修する旨が宣言され、静子は悲嘆に暮れるしかなかった。

「彩ちゃんに洋服を着せたかっただけなのに！」

静子の学校では和裁の他に洋裁の基本をも教えており、最新式の足踏み式ミシン導入も相まってスカートの製作などはお手の物だ。

普段は着物に隠れて見えないが、静子としては彩のスラリと伸びた綺麗な脚を皆に見せびらかしたいという思惑があった。

あまり物事に執着を見せない静子が、歯噛みをせんばかりに悔しがっているのを彩が訝しむ。

「新しく作る制服は静子様の御威光を示すためにも、春夏秋冬それぞれに異なったものを用意しましょう。柄については公募しても良いかも知れません」

「そうですね在野に埋もれた才人がいるやも知れませんし、領民たちも家人の制服を見て季節の変わり目を感じることでしょう」

「華美に走って下品なのは頂けませんが、地味過ぎてもいけません。この辺りの見極めについては、お抱えの着物職人たちにも意見を求めることにしましょう」

自らが着用する制服のこととあっては、静子邸の各部門で働く女性たちが積極的に意見を出し合う。

制服の要諦として上質かつ丈夫であることが求められるため、必然的に高価な物となる。

普段なら購入を躊躇するような衣服を公費で着用できる機会となれば、お洒落に興味を持つ女性たちが色めき立つのは当然だ。

「殿方の意匠についてはは早々に決まったというのに、こちらはかなり時間がかかりそうですね彩様」

制服計画は男女別にそれぞれで進めることとなっていたのだが、男性側はそれほど衣装について拘りを見せなかったことから機能性重視で即決してしまった。

「ある程度は仕方ないことでしょう。自らの懐が痛むことなく、上質な衣装を身に纏えるのです。思い悩むのは女の性《さが》でしょう」

「そうですね、その点については濃姫様に感謝せねばなりません」

配下の言葉に彩が首肯する。静子が思い描いていた当初の計画では、制服は夏服・冬服の二着程度の予定であった。

しかし、静子邸の制服導入を何処からか聞きつけた濃姫が訪れ、失意に暮れていた静子に向かって発破を掛ける。

「何を呆けておるのじゃ静子。折角の制服などという面白い試《こころ》み、主人が張り切らずして何とする。四季折々の制服を用意して、民たちの度肝を抜いて見せぬか」

思わぬ人物からの叱咤《しった》に静子が目を白黒させている間にも話はどんどん進んで行った。

濃姫が口にした以上、それは提案や相談などではなく決定事項となる。

制服計画に濃姫が介入すると、静子が主導権を取り返す間もなく彼女の手によって様々なことが勝手に決定されていく。

手始めに濃姫は静子が当初描き起こして却下されたラフ画を確認し、その異質なデザインを楽しみつつも様々な身長・体型の人々が身に着ける制服には相応しくないと断じた。

どうせ破棄されるのだからと濃姫はラフ画をこっそり拝借し、私的に仕立てて静子に着せてやろうとほくそ笑む。

こうして存分に静子の計画を掻き乱した後に筋道をつけた濃姫は、満足げな笑みを浮かべて風のように去っていった。

計画を途中で投げだしたかのように見える濃姫だが、当然ながら物事が自分の思い通りに進んでいるかは監視させている。

下手に計画を変更しようとすれば、その都度現れては介入してくることが目に見えていた。

藪をつついて蛇を出すことを恐れた静子は、濃姫の好きなようにさせるのが一番と考えて彼女の案を承認する。

「しかし、この洋装というのも新鮮ですね。この臙脂《えんじ》色の袴と『ぶうつ』の組み合わせが素敵です」

「そうですね、静子様の注意書きにある『大正浪漫』という文言が今一つわかりませんが、これならば着てみたい」

「お武家様の模様である矢絣《やがすり》も、色を付けるだけでこんなにも華やぐものなのですね」

「矢絣に季節感はありませんし、何か季節の植物などを取り入れませんか？」

柄や衣装について公募することが既に決定しているが、彼女たちは思い思いに好きな柄を提案しては会話を楽しんでいる。

お茶やお菓子も提供されているため、会議とは名ばかりにすっかりお茶会の様相を呈してしまっていた。

中には自らも公募に応募しようとデザインを描き起こすものすら現れ、完全に収拾がつかなくなっている。

「制服を決めるのには相当時間がかかりそうですね」

「喧嘩にならなければ良しとしましょう」

自分も混ざりたくてうずうずしている様子の配下を見て、彩はため息を吐いた。

悪魔の契約

賭博《とばく》は時代を問わず為政者を悩ませるものの一つである。

それは戦国時代でも例外では無く、織田軍に於いてすら足軽の間で賭博が流行していた。

胴元が仕切るような大規模なものは取り締まれるが、個人間でのやりとりまでは流石に介入できない。

一度賭博で大勝ちすることの快感を覚えた者は、その快感が忘れられずにのめり込み、やがて身を持ち崩してしまうのは言うまでもない。

また如何に織田領内を厳しく取り締まろうとも、他国にまではその手が及ばない。

それを良い事に賭博旅行をする者まで現れるのだから始末に負えない。

こうした賭博で賭けられるのは当然金銭なのだが、それが尽きると次に食料そして衣類、最後には命綱ですらある武具までを賭け皿に載せる。

そしてすってんてんになるまで毟《むし》られた足軽は、いくさの場に素っ裸に竹槍という貧相な恰好で現れることになるのだ。

尻に火が点いた者が負け分を取り戻そうと奮起することは稀にあるのだが、全体的に見れば賭博が軍に与える影響は悪いことの方が多い。

ここまでは己の資産であるため自業自得なのだが、中には他人の資産を勝手に賭ける空証文《そらしょうもん》にまで手を染める者が現れる。

当然ながら他人の資産であるため勝手に使うなど論外だが、それをしてまで負けた者たちは債務を履行するため徒党を組んで他者を襲い、金品を強奪するまでに身を落とす。

流石にここまでの無法は見逃されず、発覚次第容赦なく処刑もしくは死よりも過酷な強制労働へと駆り出されることとなる。

このように犯罪の温床となる賭博だが、厳しく取り締まれば足軽の士気が下がるため大々的な取り締まりができなかった。

史実に於いてはかの徳川家康が賭博を禁止し、発覚した場合はお家取り潰し処分という厳罰を科したが、それでも賭博が根絶されることは無かったほどだ。

こうした状況に頭を悩ませていた信長が、足満に良い解決手段が無いかと訊ねたところ、彼からはこのような言葉が返ってくる。

「そうまでして博打を止められるのなら、金を融通してやれば良い。なに、良い金の回収方法を教えよう」

この時足満が信長に伝えたのは、現代に於いて『悪魔の契約』とまで言わしめる『リボルビング払い』（以降はリボ払いと略す）であった。

リボ払いの特徴は、毎月の返済を一定額にすることで計画的な返済を可能とする便利なサービスでもある。

それをして悪魔の契約とまで言わしめたのは、月々の返済を楽にしようと返済額を少なく設定すると表出する。

借入額に対して月々の返済額が少ないと、その返済額の殆どが利息に宛てられてしまい、返済すべき元本が殆ど減らないという状況に陥る。

つまり何か月返済しても借金が減らないという地獄が発生し、最終的な返済額が元本の倍以上になることも容易に起こり得るのだ。

現代ならば利息制限法によってリボ払いの年利は多くとも20パーセント以下に制限されるが、戦国時代にそのような法律は存在しない。

元より借入額の倍額返しが罷《まか》り通っている時代であるため、信長が利率をどうしようとも双方が納得していれば合法なのである。

使い方を誤れば身の破滅を招きかねないリボ払いだが、借入総額を常に意識し返済計画を立てるなら有用なサービスとなる。

また債権者となる金融機関に於いても安定して利息を長期間得ることができる『打ち出の小槌』とさえ言える商品だ。

道具は使い方次第で凶器になり得る、シッカリと仕組みを理解した上で利用するのが肝要である。

「生かさず殺さず搾《しぼ》り取り続けるのか！」

足満からリボ払いの概要を聞いた信長は、余りの巧妙さに思わず唸ってしまう。

博打を止められないのなら、月賦《げっぷ》払いという負担を掛けることで借金を意識させて制限を促す。

それでも博打を止められずに身を持ち崩すようならば、そう遠からずに破滅が待っているため、限界まで搾り取るのが上策と言える。

当然のように返済しきれずに貸し倒れとなることも起こり得るが、生きてさえいれば如何様にでも回収できるのが戦国時代の利点だろう。

「所詮賭博で身を持ち崩す輩など、組織に於いては周囲を腐らせる元となるだけよ。悲惨な結末を見せて反面教師となれば御の字だ」

「腐った果実は、箱の中から取り除くに限るか……」

「年利もいきなり高くすれば警戒して手を出すまい。そうだな……まずは年利一割ほどで良かろう、借入額が増える程に利率が上がる仕組みにすれば良い。その旨をしっかりと明記した証文を双方が保管するのが肝よ」

「証文を残すことで、相手が合意をした上での借金だと示すのだな」

「そうだ。どうせ証文は定型文となるゆえ、変わる箇所のみ空欄とした書面を静子に印刷して貰えば良かろう」

ここまで語った処で足満はふとあることに思い至る。リボ払いの草案には返済ができなかった際の罰則が盛り込まれていなかった。

幾ら足軽たちを犯罪に走らせないようにする対策とはいえ、借金を踏み倒して逃げた者に罰が無ければ逃げ得となってしまう。

真面目に返済している者が馬鹿をみないためにも、違反者への罰則は必須と言えた。

「返済できなかった者には、一度のみ軽い罰で許そう。しかし、慈悲は一度きりだ。二度あれば利息と元本を一括で取り立てる」

「二度も返済できなかった者に、取り立てるような金があると思うのか?」

「思わぬ、当然身柄を押さえて終生鉱山労働へと回す。一度目の罰はそうだな……払えなかった利息に一割を足して翌月の利息に加えるで良い。運が良ければ返済できよう、運に身を任す博徒にはお似合いだろう」

「一体どれ程の者が身を持ち崩すのか」

余りにも非情な足満に戦慄を覚えつつも、兵の数が不足することを信長が危惧する。

賭博にのめり込み過ぎた輩は、軍用品や機密事項なども横流ししようとした者すらいた。

そういった輩を未然に把握し、可能な限り排除するためにも首輪を付ける必要があった。

「賭博にハマるような間抜けに優しくする必要はない。返済が滞り始めれば、割の良い仕事を紹介してやっても良い。当然相応の危険は付きまとうがな」

「忙しくしていれば博打を打つ暇もないという訳か」

「曰《いわ》く『小人閑居して不善を為す』、ようは小金と暇を持て余すから博打などにハマるのだ。生きることに必死であれば、そのような余裕も生まれまい」

「確かにな」

足満の言に信長は納得して頷いた。その後も彼らは賭博狂いをどうやって囲い込み、自らが運用する金貸しで借金させるかについての算段を話し合った。

翌月になると、表向きは信長の名において運用される金融機関が誕生し、一見すると借金が楽になる『悪魔の契約』が始まった。

その証文の印刷を頼まれた静子が、家臣達に決して借りないように厳命したのは言うまでもない。

羊羹《ようかん》の乱

羊羹とは基本的に小豆を主体とした餡を寒天で固めた和菓子を指す。

製法によって呼び名も異なり、煉《ねり》羊羹に水羊羹、名前通りに寒天で固めずに蒸し固める蒸し羊羹等が存在する。

これらの羊羹は織田領内に於いて甘味の王者と呼ばれる程の人気を博しており、一度でも口にした者の心を摑んで離さない。

今では庶民の口にも入るようになった羊羹だが、元は尾張に於いて織田軍の携行食として開発された経緯があった。

主な材料が小豆と砂糖であるためカロリーが高く少量でも満足感が得られ、また糖度が高いことにより長期間常温で保存できる点が評価されたのだ。

登山に於ける行動食のような位置づけとして用いられ、塩分を添加した塩羊羹なども作られたことにより、軍でも人気を博した。

このように大人気の羊羹だが、材料が餡子《あんこ》であったがための問題が噴出してしまう。

かつて『粒餡・漉《こ》し餡の乱』と呼ばれた派閥争いが羊羹に於いても起こる兆しを見せていたのだ。

意外にもこの派閥争いが尾を引いて、自分好みの羊羹を軍に制式採用させようと暗闘するため、静子は羊羹そのものを携行食から除外することとなる。

代わりに採用された小麦粉とバター、砂糖を混ぜて焼き上げたショートブレッドのような焼き菓子は、皆が初めて口にする物であったためそういった争いが起きなかった。

「山のように要望書が届くんだけれど、何処から話が漏れたのかな?」

かつての暗闘騒ぎから数年が経ち、織田軍に於ける食糧事情も随分と改善したことから、静子が再び羊羹を軍用携行食にするべく検討を始めた。

代替採用されたショートブレッドよりも消化吸収が早く、水に濡れても問題なく食せる点が評価され、それを信長に相談したことを皮切りに各武将より要望書が届き始めたのだった。

軍機が絡んでいるだけに信長から漏れたとは思えないが、信長自身も甘党であるため何らかの派閥を構成している可能性すらあった。

「複数種類の詰め合わせ方式にしたのが悪かったかな……」

こんもりと小山の如く積み上がった要望書を呆れ気味に眺めながら静子は独り言《ご》ちる。

どうせ派閥ができてしまうのならと、最初から複数種類の羊羹を詰め合わせにするという手段を講じた。

単一種類のみであれば暗闘で済んだのだが、複数種類を採用し得るとなった途端にアピール合戦へと変貌することになる。

幾つもある候補の中の一つになら自分の好きな味をねじ込みたいという思惑が露骨に見えた。

「三種類の羊羹を1セットとして、3パターンの詰め合わせを考えているから最大で9種類の羊羹を採用することになる、9個も枠があれば1つぐらいと考えたのでしょうね」

実際には信長と相談した際に1セットは決定してしまっている。

粒餡と漉し餡それぞれの煉羊羹に、丹波の柴栗《しばぐり》を贅沢に用いた栗羊羹という組み合わせを信長が強烈に推薦してきた。

今までの栗羊羹に使用されていた丹波栗は大果《だいか》であり、これに対して柴栗は随分と小さいのだ。その代わりに味わいに於いて一線を画すものがあり、甘さ一辺倒の餡の中に香ばしくもほのかに甘い柴栗が織りなす対比を信長は殊《こと》の外好んだのだった。

上司特権と言わんばかりに、手間も費用も掛かる柴栗の栗羊羹をねじ込むあたりは流石信長と言わざるを得ない。

こうして残る六枠について、皆が如何に自分の好物をねじ込めるかを競う熾烈なせめぎ合いが生じた。

通常男性はこういった甘味についてそれほど好みを主張しないことが多いのだが、何故か織田家家中に於いては諸将が挙って争う程の事態となる。

いつもは率先して調和を図ってくれるはずの明智光秀が強行に抹茶羊羹を推し、丹羽長秀と森可成の長老衆までもが柚羊羹を推薦した。

　こうなれば他の諸将も黙っておられず、滝川一益《たきがわかずます》と佐久間信盛《さくまのぶもり》、林秀貞《はやしひでさだ》らは甘味が苦手な者でも食べ易い塩羊羹を所望する。

　果ては『下手な鉄砲も数撃ちゃ当たる』とばかりに梅を練り込んだ梅羊羹や、はちみつ羊羹、誰が希望したのかカレー羊羹なる奇妙奇天烈なものさえ推挙された。

「羊羹として成立するのか怪しいものまであるけれど、皆凄い熱意だっていうのは伝わるね」

　現代と異なり、戦国時代に於いて甘味は貴重であった。

　何故ならばこの時代に於いて、単に『菓子』と言えば果物を指し、次第に食事以外の間食も菓子と呼ぶようになると、区別するために果物を水菓子と呼ぶようになったという経緯がある。

「これだけ盛り上がってしまうと、今更羊羹はやはり見送るって言えないよね。羊羹を支給したら皆、小腹が空いた時に食べちゃうんだよねえ……」

　試験的に現在交戦中である秀吉軍に対して、信長推薦の羊羹詰め合わせを支給してみた。

　水分を極力少なくして一年以上の保存に耐えるようにしているというのに、三月と経たずに全て消費し尽くされてしまったのだ。

　原因について詳しく聞き出したところ、軍議が長引いた折などにも茶請けとして消費されており、それを見た配下達も不寝番の折などに食べるようになってしまった。

　こうして何かとそれらしい理由を付けては食べるという暗黙の了解が形成され、非常時でも無いというのに追加支給の要請が届く始末となる。

前線で無ければ違った結果が出るかもしれないと、柴田軍に対しても支給してみたところ、今度は寒さゆえに夜間警備の報酬とばかりに消費されるようになってしまった。

元々行動食としての意味合いがあったため本来の用途に近いのだが、非常時でも何でもない時にホイホイと消費されては堪らない。

ショートブレッドの時は物珍しいことと、モソモソした口当たりで口中の水分を奪っていくことから消費は穏やかだったことを鑑《かんが》みると、羊羹の採用は早計だったかも知れないと思い始める。

これらの事から試験的支給結果も添えて信長に計画変更を申し出た処、朱印状にて『軍用食に羊羹を採用せよ』と通達が届いてしまった。

この鶴の一声には静子としても従うほかなく、変なところで強権を振るう信長に呆れてしまう。

「どうせなら、越後や陸奥の人たちにも好みを聞いてみるかな？」

寒さの厳しい地方で育った人々の意見も取り入れようと、景勝《かげかつ》や兼続及び藤次郎と小十郎《こじゅうろう》にも意見を求めた。

後に静子はこの時の選択を後悔することになるのだが、神ならぬ彼女にとっては知る由もない。

酒粕を練り込んだ酒羊羹派閥が生まれてしまい、羊羹の乱は更に加熱していくこととなる。

過ちの代償

静子が日ノ本へと持ち込んだオオウミガラスは尾張の環境に適応できず、その数はなかなか増えない。

外見的にも生物学的にもペンギンに似ていることから、小氷河期の日ノ本ならば飼育できるだろうと考えたのだが甘かった。

飼育方法を確立できず、試行錯誤を繰り返す日々だ。

当初は海水環境を用意できずに淡水での飼育をしたところ、食欲不振から昏睡して死に至る個体が出始めた。

そこで静子お膝元での飼育を諦め、養殖場近くの海水環境での飼育に切り替える。

すると今度は食欲旺盛になりすぎてしまい、肥満に陥る個体が現れる始末。

過度な体重増加に伴い足の裏に負担が掛ったのか、足の裏が腫れ上がり歩けなくなって弱り始め、衰弱の末に死に至った。

それでもこれらについては飼育環境や与える餌を工夫することで改善できたのだが、どうにもならない日ノ本特有の問題がある。

それは湿気であった。元より極地付近に生息していることから高温・多湿となる日ノ本の夏には適応できない。

どうしても水場付近はカビが付き易く、そのカビを原因とした肺炎のような症状で命を落とすオオウミガラスが頻出した。

当初は原因不明であったが、病死した個体を解剖したところ肺に菌球と呼ばれる菌の塊が認められたことから判明する。

「其の方らの働き、実に見事でした」

このような四苦八苦しつつも、何とかオオウミガラスの飼育を継続していた飼育員たちを静子が私邸へと呼び出した。

オオウミガラスの生態は少しずつわかり始めてはいるものの、飼育方法の確立はおろか頭数の維持すら覚束ない状況であったため皆が叱責を覚悟していたのだ。

ところが蓋を開けてみれば逆にお褒めの言葉を賜ることとなり、飼育員たちは思わず胸をなでおろす。

「そう身構えずとも構いません。皆の働きによってオオウミガラスの飼育方法が判明しつつあり、カビに弱いという特性を解明した功績を称えてお招きしました」

「は、はっ！　ありがたき幸せ」

「とは言え、私からの言葉だけでは懐も温まらないでしょう。功績に見合った褒美を取らせますので、安心なさい」

静子の言葉に飼育員たちはどのような反応をしたものか困惑してしまう。

静子としてはフレンドリーに接したつもりなのだが、飼育員たちからすれば静子は東国管領という雲の上の人物であり、不興を買えばどうなるのか恐ろしくて仕方がない。

「そうそう、貴方たちの活動について資金面で難癖をつけていた者は更迭《こうてつ》しました。職場環境の改善には引き続き目を配りますので、何かあれば相談するようにして下さい」

「え!?　そ、それは……」

飼育員たちの誰もが疎《うと》ましく思っていながらも、相手が役人であることから我慢していた、その役人が更迭されたとなれば嬉しいはずだが、飼育員たちは空恐ろしさも感じている。

何故ならそのことを誰かに漏らしたことはないし、役人をなんとかしてくれと上申した覚えもないからだ。

最初はオオウミガラスの飼育に掛かる費用に対して、思うような成果が出ていないことに対する皮肉や嫌味だった。

飼育員たちも成果を出せていないことに忸怩《じくじ》たる思いがあるため、役人に対して何ら反論をしない。

それに味を占めた役人は、ことあるごとに小言を言うようになり、やがてそれは罵倒《ばとう》へと発展していった。

未知の問題に対して手探りで取り組んでいる最中の心無い暴言に、飼育員たちは萎縮し疲弊していく。

飼育員たちが反撃してこないのを良いことに、役人はついに予算を縮小するよう進言すると脅して言うことをきかせようとしてきた。

それは卑劣な取引の強要だった。飼育に掛かる経費を水増しして請求し、その差額を役人に渡せば上手く取り計らってやるというものだ。

これに対して飼育員たちはどうしたものかと思い悩んでいたところ、思いもよらない場所から突然解決したと伝えられる。

困惑するなと言う方が無理であり、また僅かでも誘いに乗ることも脳裏を過《よぎ》ったため後ろ暗くもある。

「お、恐れながら申し上げ――」

「それには及びません。貴方たちは正しく職務を全うし、その結果として褒美を受けとった。よろしいですね？」

「は、伏してお礼申し上げます。一層の精勤を以て御恩情に報いまする」

飼育員の代表たる飼育員長は、静子の言葉になんとか返事をした。

その後、彼らは別室にて小姓から褒賞金というには少々多すぎる金子を受け取り、静子邸を後にする。

こうして飼育員たちは港町にある養殖場付近の仕事場への帰途につき、ようやく緊張から解放された彼らは思わず息を吐いた。

「ふう……生きた心地がしなかった」

その言葉に全員が頷く。経費の横領を持ち掛けた役人は、取引に応じない飼育員たちに対して締め付けを行っていた。

何かと理由を付けては経費精算を先延ばしにされ、飼育員たちはオオウミガラスの餌代などを自腹で捻出さえしていたのだ。

その結果として食事に事欠く者すら現れたため、彼らはやむを得ずに禁を破ることとなる。

「良かったですね。オオウミガラスの肉を食べたことを咎められなくて……」

それは病死以外で命を落としたオオウミガラスの肉を鍋にして食べてしまったことだった。

通常は静子の指示に従ってオオウミガラスの死骸を焼却処分にしていたのだが、空腹を抱えた状態で肉と油が焦げる匂いは暴力的だった。

『どうせ焼却するなら食っちゃっても良いのでは？』

誰が呟いたのかは既に思い出せないが、それは酷く魅力的な提案だった。

飼育員たちは未知の生物を飼育するにあたり、その安全性が確認できるまで食することを静子から禁じられている。

その状況でも彼らは三日耐えた、しかし余りの空腹に耐えかねて四日目には焼却処分待ちのオオウミガラスに手を付けてしまった。

良質の餌を与えられ肥満状態になった個体の肉は実に美味であった。

少しでも歩留まりを増やすため、丸ごと煮込んで皆で分け合って汁まで残さず食べきったのだ。

その翌日に静子から呼び出しがあったのだから、飼育員たちが怯えていたのも無理はない。

因みに静子がオオウミガラスの食用を禁じた理由は、大きく二つあった。

一つは未知の動物であるため、鶏インフルエンザ等に代表される人畜共通感染症の発生を予防するため。

もう一つが史実に於けるオオウミガラスの絶滅理由にあった。

オオウミガラスだけに限らずペンギンなども同様なのだが、彼らは外敵が少ない環境で生活していたためか人類を恐れない。

更に飛ぶこともできず、地上では特徴的なヨチヨチ歩きをするため容易に捕獲できてしまうのだ。

警戒心が薄くて容易に捕獲でき、肉や卵まで食用となるとなればドードー鳥と同じような末路を辿ったのは必然だっただろう。

史実に於いてはヨーロッパ人による乱獲で、数百万羽以上いたとされるオオウミガラスが僅か三百年ほどで絶滅に追い込まれたのだった。

「滅多なことを言うな！　誰が聞いているかわからぬのだぞ」

「しかし、静子様はお優しそうな方だったし、我らの窮状を訴えればお目こぼし頂けるやも

「……」

「我らは禁を破ったが、静子様の手により窮状を救われた。そんな我らの役目は、オオウミガラスを絶やさぬ術を見つけることだ。今後の忠勤によってご恩に報いるしかあるまい」

「然り！　この日ノ本に於いて我らほどオオウミガラスに精通している者は他にいまい。知見を継承せずに命を落としたのでは誰の為にもならぬ」

やむに已まれぬ事情があったとはいえ、禁を破った事実は変わらない。

恐らくは自分たちが禁を破ったこと程度、静子にはお見通しであったに違いない。

実際に飼育員長はそのことを静子に自白しようとしたが、それを遮られたのだ。

静子の温情に感謝し、一層奮起しようと考える。

「それにしても、褒美として頂いた金子はいくらなんだろう？　随分とずっしりしてるんで、気になるな」

「確かに……職場も近いことだし、一つ確認してみるか」

適当な場所を見つけると彼らは腰を下ろし、金子の入った袋を開けて中身を確認する。

中には彼らの年収に匹敵するほどの金子が入れられており、皆が喜びに満ちた表情を浮かべて興奮していた。

そんな中で飼育員長のみが背中に氷柱を突きこまれたかのような、引き攣った表情を浮かべて震えている。

飼育員長の袋にのみ、一枚の紙が入っておりそこにはこう書かれていた。
『次はないよ』

食への執着

静子邸で提供される食事の質は、日ノ本一と言っても過言ではない。

主食の尾張米は食味に於いて一線を画しており、新米の炊き立てを腹一杯食べられるだけでも御馳走だ。

静子邸に於いては下女に至るまで一日三食、最低でも白米、味噌汁、主菜、漬物の一汁一菜（漬物は『香の物』となり、菜に含まれない）が食べられる。

織田領以外の庶民は未だに一日二食、玄米に稗《ひえ》や粟《あわ》などの雑穀を混ぜて嵩増《かさま》しした雑炊を主食に、米糠《こめぬか》と塩、水で糠床を作って野菜をつけた漬物を齧《かじ》り、この糠床を湯に溶いた糠味噌汁を啜るのが精々なのだ。

この糠味噌汁は材料に大豆が含まれていないことからもわかるように、旨みが殆どない上に発酵しているために酸っぱいという代物だ。

一方の静子邸で供される味噌汁は大豆と米、塩を原料に醸造して作られた味噌を用い、出汁を取って作られるため現代のそれと遜色《そんしょく》のない一品となる。

当然ながら地位が上がる程に食事内容も格上げされる。白米、味噌汁、主菜、副菜二品に漬物の一汁三菜が基本となり、場合によっては食後のデザートまでもが付属する。

「今日の夕餉はクエ鍋なんだって、何か一緒に欲しいものはある？」

本日水揚げされた巨大なクエが献上され、大食漢が多い静子邸の面々を見た料理人は、皆が満足できるよう鍋にしたてたのだ。

「酒！」

「大盛りの飯！」

静子の問いに対して慶次と長可が即座に返答した。

現代に於いても高級魚として知られるクエだが、戦国時代に於いては尚のこと貴重である。

海底の岩礁《がんしょう》などを棲み家とする根魚のクエは、一本釣りか刺し網に掛かるのを待つしかないため滅多に手に入らないのだ。

またクエは非常に成長の遅い魚としても知られ、1メートルものサイズに達するには五年以上掛かると言われている。

現代では養殖技術が確立され、多少安価で提供されているものの、天然ものに至ってはキロ単価が一万円超となることもザラにある超高級魚なのだ。

そんなクエはグロテスクな外見とは裏腹に、白身だというのに強い旨みを持ち、皮目のゼラチン質は熱を通すとトロリととろけて極上の味わいとなる。

そしてクエの身を骨ごとぶつ切りにして煮込んだ鍋は、身と骨からしみ出す出汁が野菜の旨みと絡み合い食通を唸らせる絶品だ。

「お酒とご飯大盛りね。勝蔵君、お鍋の締めには雑炊があるんだけど、それまでにご飯食べるの？」

「勿論だ！　雑炊は別腹だから、それまでに櫃《ひっ》一杯は食うぞ！」

「そ、そうなんだ……」

若い長可の健啖ぶりに少し引きつつも、静子は通常のご飯の他に追加でお櫃を幾つか用意するよう命じる。

「今回はちゃんと届いて料理しているから、ノドグロの時みたいな騒動は勘弁だよ？」

ノドグロとは正式名称をアカムツと言い、赤い体色をしたムツとして名付けられた。

ムツとは脂っこいことを指して「むつっこい」と言うことから、アカムツは非常に脂の乗った魚である。

因みにムツとして知られるクロムツと、アカムツは生物学上の分類としてまったく異なる魚であり、外見は似ているものの近縁種ではない。

ノドグロは水深二百メートル付近に生息する深海魚であるため、クエに輪をかけて漁獲量が少なく希少性が高くなる。

秋から春にかけてを旬とするものの一年を通して味が落ちず、型の良いノドグロは高値で取引されていた。

「安心しろ、ここに届く献上品に手を出した奴がどうなるかぐらい覚えているだろう？　忘れたようなら、思い出させてやるまでよ！」

「悪臭とか景観に対する苦情とかが山ほど来たんだから、本当にやめてよね」

ノドグロの時の騒動とは、静子へと献上されたノドグロを輸送途中に強奪され、その報復に長可が行った凄惨な制裁を指す。

二度と馬鹿なことを企てる奴が出ないよう、犯人一味を捕らえた後に刑場で苛烈な公開拷問を行い、その死骸が腐り果てるまで野晒しとしたのだ。

献上品であるがために先触れが遣わされており、目録が先に到着していたことから長可が期待してしまったのも無理はない。

しかし、この献上品を運搬している荷駄の行方が尾張に入る直前にわからなくなってしまう。

当初は事故にでもあったのかと捜索隊を派遣したのだが、その際に争ったような痕跡が残されていたため強盗の襲撃を受けたと判明した。

静子としては積み荷について仕方がないと諦め、襲撃から逃げ延びた人がいないかを捜索するように命じる。

しかし、それで済まなかった連中がいた。

静子に幻の旨い魚と焚きつけられていた長可は、怒髪天《どはってん》を衝《つ》くかの様な形相で駆け出していく。

結果として強盗達は壊滅し、その後の公開処刑によってならず者どもは震えあがることになった。

「食べ物の恨《うら》みは恐ろしいと言うけれど……流石にやりすぎだよ。ノドグロは食べ損ねたけれど、代わりに鰤の塩焼きを用意したんだから」

夕餉を放り出して報復に赴いた長可や慶次は、夜通し山狩りをしていたために携帯食で腹を満たすこととなった。

「仕方がないだろう……こんなにも旨いものがこの世にあるなんて知らなかったんだ。飯なんか腹を満たせれば良いと思っていたのに、旨い飯を食わせた静子が悪い」

「皆が飢えずに暮らせるよう心を砕いてきたつもりだけど、勝蔵君に美食を勧めたつもりはないよ」

「阿呆か！　一度尾張の米を食ってみろ、他領《よそ》の米なんぞ臭くて食えんわ！　酒にしても肴にしても、ここ以外では満足できぬ体になったのを美食と言わずになんとする」

長可の反論はいちいち尤もなのだが、それで静子を責めるのは酷というものだろう。

彼女はただ只管《ひたすら》に良かれと思い、皆がもっと豊かな生活を送れるように努力した結果なのだ。

「勝蔵、そのへんにしておけ。静っちに悪気がないのは重々承知しているが、これだけ旨いもの食い慣れた俺たちをして更なる美味と聞いては居ても立っても居られんよ」

「むむ……それは確かにそうだけれど。食べ物が関わることで人の命が失われるのは悲しいよ」

「盗賊たちは我欲の為に何の罪もない運搬人を殺めたんだ。それを誅戮《ちゅうりく》しないのでは示しが付かない。決してノドグロを奪われた腹いせでは無い」

慶次の理屈にも一理あるのだが、多分に私怨が含まれているように思えてならない。

隣国には『羊斟《ようしん》の恨み』という故事成語が存在する。

春秋時代に於いて一人だけ御馳走を与えられなかった部下が、それを恨みに主君へ復讐をする話だ。

かくも食べる物に関する恨みは恐ろしい。静子としても身が引き締まる思いであった。

関白閣下の憂鬱《ゆううつ》

「やれやれ……どうあっても私を排除したいようだな」

眼前に転がる刺客の亡骸《なきがら》を見て、近衛家当主の前久はため息を吐いた。

今宵は朝廷での仕事が長引き、そのため遅くなった帰宅途中に襲撃を受けた。

比較的治安の良い上京とは言え、日が暮れれば人通りも絶えて辺りは薄暗くなってしまう。

闇夜に乗じて物陰から襲撃すれば、前久を亡き者にできると考えていたであろう黒幕の思惑は覆される。

闇討ち程度で前久の命を獲れるのならば、政敵の犇《ひし》めく伏魔殿たる朝廷で関白など務まらない。

前久は無為に命を散らせた刺客へ憐みの視線を落としている。

「関白様、周辺をくまなく調べましたが他の仲間は見つかりませんでした」

「ご苦労様、身元がわかるような物も見つからないようですし、調査は夜が明けてからにして帰りましょう。前子《さきこ》の様子も気になりますし」

護衛からの報告を受けた前久は、付近に襲撃者が潜んでいないことがわかると帰宅を優先する。

前久は先ごろ産まれた娘の前子をとても可愛がっており、少しでも早く凄惨な現場を離れて日常へと回帰したいと思っていた。

前久との付き合いが長い護衛隊長は、主人の思惑を汲み取ってすぐさま護衛の隊列を再編成する。

周辺に斥候が放たれ安全を確認しつつ前久を載せた牛車《ぎっしゃ》は進み始めた。

「私は君たちの仕事を疑っていない。近頃は刺客の影すら見ることが無かったというのに、牛車への襲撃ができたというのは不自然です。当然誰かしら有力者の手引きあってのことでしょう、その裏を調べておくれ」

「承りましてございます」

前久の護衛隊長は、前久の言葉に深々と頭を下げた。

前久の言にあるように、上京は静子子飼いの兵による監視体制が敷かれており、怪しい人物の出入りから武器の持ち込みに関してまで常に注意を払っている。

その監視の目を潜り抜けて前久の牛車へ武器を持った状態で近づけたのだから、事件の背後にはかなりの大物が控えていると考えるのが当然だ。

相手が大物となれば警ら隊程度では調査も難しいのだが、前久の護衛部隊を含む静子の軍は正親町天皇の覚えも目出度く、証拠があれば何処であっても立ち入り調査ができる旨の詔勅《しょうちょく》が発されていた。

この詔勅の効果は絶大であり、禁中（天皇が住み，儀式や執務などを行う宮殿のこと）以外ならば五摂家の邸宅であろうとも捜査する権限が与えられる。

襲撃者の身元はわかりそうにないが、所持していた武器から捜査を進めることはできそうだ。明るくなれば更なる証拠が見つかるやもしれないため、現場に何人かを残して一行は帰途に就いた。

「私を排せば、公家全体の影響力が弱くなるということすらわからぬのか……」

短絡的すぎる敵対者に対して前久は失意を隠し切れなかった。

仮に前久が命を落とせば、近衛家は血眼になって犯人を追及することになる。当然ながら護衛を任されている静子が黙っているわけもなく、盟友である信長も出張ってくるはずだ。

そうなれば朝廷に対して、武家の勢力が大手を振って介入する口実を与えることになってしまう。

(私が右府殿《うふ》(信長のこと)の立場ならば、確実に公家から実権を取り上げて悪だくみができないようにするだろう。権威を担保し得る権限までもが取り上げられれば、公家の存在が形骸化しよう。私は右府殿と夢を共にするが、従属するつもりはない)

乱世を終わらせ、治世へと導くというのが前久の宿願である。

朝廷に於いて絶大な権力を振るう前久だが、彼を含めて厭戦《えんせん》機運は公家社会を始め京に住まう全ての人が願うところだ。

応仁の乱以降、長く続いた乱世はそれだけ人々の心を疲弊させており、このまま何事もなく織田の治世が始まることを希求していた。

信長は人々のそんな心理を理解しているからこそ京の治安を重要視しており、貴重な戦力を割いてまで治安維持に注力している。

（そのような折に、公家の中から平和を乱す者が出たらどうなることか……。朝廷を預かる身でありながら、その程度の趨勢《すうせい》すら読めぬとは、失望させてくれる）

前久には己を亡き者にしようと画策した相手に心当たりがあった。確実とは言えないものの、十中八九間違いないだろう。

襲撃の夜から二日経ち、予想よりも早い段階で今回の事件の背後関係を洗うことができた。詳細な報告を受けた前久は嘆息する。予想通り前久への襲撃は二条《にじょう》家に連なる公家の指図であった。

静子を害そうと企て壱岐《いき》へと流された、二条家当主の昭実《あきざね》に対する仕打ちを逆恨みしての犯行だ。

凶器は元々祭具としてとある商人より買い求めた、鉾《ほこ》を改造して短刀に仕立てた物であった。当然のように祭具を扱った商人に対して、誰に売ったのかを確かめようとしたのだが、いつの間にか取引を記した帳面が紛失していたのだった。

また当日店番をしていた番頭も、首から上が無い状態で河原に横たわっていたことから、徹底した証拠隠滅が図られている。

物証が得られない以上は、これ以上踏み込んだ捜査ができないと前久が結論付けた。

「二条家の元当主であっても島流しにされたのだ、相応に警戒しているということか」

今度の敵対者は小心者ゆえに搦《から》め手を使ってくるようだ。

前久としては公家全体に不利益を齎すゆえに、大人しくしていて欲しいのだが、怨讐《おんしゅう》に囚《とら》われた者には正論が通じない。

今は武家との対立を避け、公家が一丸となって朝廷の権威を盛り立てなければならない時期だ。

公家同士で足の引っ張り合いをしていては話にならない。

「二条家が絡んでいるとなれば、また京に鬼が出るやも知れぬな……」

地獄より舞い戻った鬼が悪さをしなければ良いのだがと、前久は憂えずにはいられなかった。

時を告げる鐘

静子が運営している学校の校舎には巨大な鐘塔《しょうとう》が存在し、始業と昼時及び終業の一日三回特徴的なチャイムを鳴らす。

現代日本人にとっては馴染み深い四音の組み合わせで流れる『キンコンカーンコーン』というメロディである。

外から校舎を眺めた際に見える鐘は一つしかないため、複数の音階を奏でることに疑問を覚える者もいるのだが、隠れて見えないだけで連鐘《カリヨン》という紡績機にも似た仕組みで鳴らす小さな鐘が四つ備え付けられている。

実際にメロディを鳴らしているのは建物に隠れた小さな鐘であり、巨大な主鐘はそれぞれの時刻の回数だけ『ゴーン』と鳴っているに過ぎない。

因みにこの学校のチャイムでお馴染みのメロディには原曲が存在し、ウェストミンスター宮殿併設の時計塔（ビッグ・ベン）の時鐘に由来する。

楽曲名は『ウェストミンスターの鐘』といい、そのルーツについては諸説あるものの千七百九十三年にケンブリッジ大学教会である大聖母マリア教会の為に作曲されたとされている。

つまりは戦国時代から見ると約二百年後に作曲されるはずの楽曲であり、存在するはずのないメロディなのだ。

そんな元ネタなど知らず、学校のチャイムと言えばこの曲だろうと静子が安易に決めてしまった為に奇妙な矛盾が生じていた。

不幸にも静子と同じく学校のチャイムを知る足満とみつおも、学校のチャイムに対して何ら知識を持ち合わせておらず、聞きなれたメロディに異を唱えない。

みつおにとっては静子と同じく、このチャイムが当然の環境で学生時代を過ごしており、足満にとっては終業のチャイムが鳴れば静子を学校まで迎えに行く合図程度の認識でしかなかった。

戦国時代を生きる人々にとって時を告げる鐘の音というのは、寺が鳴らす朝夕の鐘（暁鐘《ぎょうしょう》と昏鐘《こんしょう》）であり、メロディを奏でるというのは珍しい。

しかし、尾張の領民にとって静子が妙なことを始めるというのはいつものことであり、太陽が見えなくても昼時を教えてくれるものとして重宝がった。

「このチャイムを聞くと、皆が一斉にお昼を取るようになったんだよねえ」

ここ尾張に於いては、ゼンマイ動力の機械式時計が既に実用化されている。

しかし、全ての部品を手仕事で組み上げる関係上どうしても高価になってしまう。

そのため正確な時間を必要とする職業や、ステータスとして懐中時計を買い求められる程の富豪以外は現在時刻を知りようが無かったのだ。

それが学校と共にチャイムが鳴り、また毎時主鐘が時間分の回数鳴らされることにより、付近の民たちも時刻を意識するようになった。

これまでにも時刻を知る方法として、街ごとに設置されている日時計を見ることで大まかな時刻を知ることはできた。

日時計の性質上、日が翳《かげ》ってしまえば時間を読み取ることもできないし、何時何分などの精度は求めようがない。

静子の学校では午前中に一般教養に該当する授業を三時限、午後からはそれぞれの専門教養に関する授業を三時限の一日計六時限の授業が行われている。

つまりは読み書き算盤《そろばん》の習得が目的であれば午前中だけで授業は終了となり、専門性のある教育を受けようと思えば午後にも授業があるのだ。

そして昼時を告げるチャイムが鳴ると、お弁当を用意していない学生は一斉に街へと繰り出して食事を取る。

これが定着してくると、領民たちも昼飯をチャイムに合わせて取るようになり、昼時の飲食店は戦場のような有様になっていた。

「わたしも牧場までチャイムが聞こえるお陰で、いつも妻や子供たちと一緒にお昼を食べるようにしていますよ」

みつおは、ごく自然体で惚気《のろけ》話をぶち込んでくる。

因みにみつおが働く牧場には事務所に機械式の壁掛け時計が備え付けられており、毎朝と正午にゼンマイを巻くのがみつおの日課である。

動物相手であるため仕事に没頭していると時間を忘れ易く、定時にチャイムが鳴って時間を知らせてくれるのは非常にありがたいと考えていた。

「みつおの妻子自慢は、犬も喰わぬわ」

静子が敢えて口にしなかった台詞をはっきりと告げる足満にみつおは苦笑する。

学校の始業は午前九時に設定されており、一時限が四十五分と休憩時間十五分のセットで運用されている。

昼休憩は正午のチャイムと共に始まり、一時間あるため生徒たちが外食をして戻ってくるだけの余裕があった。

静子としてはもっと学校が普及して、庶民の子供たちが沢山学ぶようになったら学校給食を導入したいと考えている。

今は学生の年齢も身分もマチマチであり、なおかつ学生の総数自体がそこまででも無いため実施できていない。

静子邸に於いても今では昼餉を提供するタイミングを学校のチャイムで計るようになっており、静子と足満、みつおだけが談笑していた広間へと足音が近づいてくる。

「さて、我々もこれを片付けてお昼にしましょうか」

「そうですね、早く片付けないと気の短い長可さんに怒られてしまいます」

「ならば、わしは先に酒の用意をするとしよう」

静子たちが広げていたのは、学校の鐘塔を時計塔へと改造するための設計図であった。

文字盤の直径は五メートルにも達し、相当遠くからでも読み取ることができるようになっている。

当然ながら、そのサイズの時計を動かすだけの歯車やゼンマイなどの機構部分も巨大になり、技術街の技術者たちも張り切っているのだ。

この三人が戦国時代へと流れ着いてから、随分と時が経過した。

三人の暮らしぶりは当時からは想像できない程に変わってしまったが、それでも時間だけは変わらずに流れ続けている。

実在する魔法

技術街に存在するとあるガラス工房にて、画期的な新製品が産声を上げようとしていた。

この新製品を製造するにあたって技術的なハードルは低いものの、製造に必要な素材の調達が難しく今日まで手を出せないでいた。

最初にネックとなったのは硼砂《ほうしゃ》である。

冶金《やきん》の際に用いられる添加剤として古くから知られており、ここ日ノ本でも活用されているのだが、日ノ本ではほぼ産出しないため舶来品となる。

これに関しては隣国である明《みん》より全量買い付けているため、なかなかの貴重品となっていた。

この硼砂を混ぜたガラスは熱耐性が高くなる傾向があり、耐熱ガラスとしての用途が期待できる。

この耐熱ガラスを熱して柔らかくしたものを熟練のガラス職人が『手吹き』と呼ばれる手法で膨らませていく。

こうして広口の薄いガラス容器を製造し、まだガラスが柔らかい間に底にごく薄い石を三個貼り付ける。

次にガラス容器の底に別で作っておいたガラス管を接着し、ガスバーナーでガラス容器の底を熱することによって貫通させた。

　このガスバーナーについても、尾張で石油蒸留設備が稼働したことにより開発されたものだ。原油を分留していく過程で、最も低い温度で分離されるのが石油ガスであり、その主成分はプロパンやブタンなどの混合気体となり可燃性を持つ。

　これを金属容器に圧力を掛けて押し込めることで液状化させ、逆止弁を取り付けて噴出させるようにしたのがガスバーナーだ。

　当然ながら爆発の危険性があるため、取扱いについては十分な注意が必要となるが、便利な熱源として尾張の技術街に普及しつつある。

　こうして作られたガラス容器の内側に更なるガラス容器を作るべく、再び手吹きによってガラス容器が膨らまされる。

　今度は外容器の内側に貼り付けられた石によって容器同士の間に空間が形成され、外容器と内容器が中空状態（厳密には石の部分が接している）となった。

　この二重容器を作成するのに熟練の技術が必要であり、失敗しては叩き割られてガラス材料に戻されるというのを繰り返していた。

　二重構造を保った容器は、内容器の広口部分を外容器側へと折り返し、外容器の口部分に接合する形で接着してゆっくりと冷やされる。

　この冷却にはかなりの時間を要するため、その間に銀メッキ溶液を準備することになった。

ここで使用する銀メッキ溶液が今回の最難関であり、非常に複雑な工程を経て準備されている。銀メッキ溶液の成分はシアン化銀カリウムであり、これを得るためには複数の工程を経る必要があった。

炭酸カリウムと消石灰に水を加えて反応させることにより水酸化カリウムを作り、これを電気分解することで金属カリウムを単離する。

次に得られた金属カリウムを溶融させた状態でアンモニアと反応させることにより、カリウムアミドが得られる。

これに赤熱した炭素を反応させると、ようやくシアン化カリウム（青酸カリとも）となるのだ。

これに銀を反応させることは比較的容易であり、詳細は割愛するが銀イオンの錯塩を溶かした液体として銀メッキ溶液が完成した。

この製造過程で得られる青酸カリは推理小説などで殺人に用いられる程度に毒性が高く、危険な物質だが工業の世界に於いては欠かすことのできない物質なのだ。

こうして得られた銀メッキ溶液を、二重構造の容器に対して底部のガラス管から注いで容器から溢れるまで注ぎ続け、中空部分の空気を排出しつつ銀メッキを施す。

この状態で容器を轆轤《ろくろ》（陶芸などに用いられる回転装置）に固定して一定速度で回転させ続け、満遍なくメッキが施されるようにする。

最後に二重構造の容器を上下ひっくり返し、中に入っている銀メッキ溶液を排出しつつ、ガスバーナーでガラス管を焼き切ることで内部を真空にした。

これほど複雑な過程を経て何ができるかと言うと、現代では何処のご家庭にも当たり前に存在するであろう魔法瓶だ。

真空に隔てられた二重のガラス容器により、内部のお湯などがいつまでも温かいままに保たれるという仕組みである。

更にガラス表面に銀メッキによる鏡面処理を施すことにより、放射熱の反射を促して更なる保温効果を高めたわけだ。

このガラス容器のままでは簡単に割れてしまうため、外側に樹脂製の外装を取り付け、注ぎ口を取り付ければ魔法瓶ポットが完成する。

熟練のガラス職人の手による高度な加工と、危険な化学薬品を用いた高度な製造過程を経て作られた魔法瓶ポットの第一号は静子に献上された。

その魔法瓶ポットが静子邸に於いてどのように用いられているかと言えば……。

「む、梅干しが無くなってしまったな。どれ、取ってくるとするか」

「おい、勝蔵。ついでにこれにお湯を貰ってきてくれ」

腰を上げた長可に対して慶次が声を掛けた。その慶次の手に握られているのが献上品である魔法瓶ポットだった。

彼らはサツマイモを主原料に醸造され、連続式蒸留によって得られた焼酎をお湯割りにして楽しんでいた。

「この魔法瓶とやらは本当に素晴らしい発明だな。こうして縁側で酒を飲んでいても、一向に湯が冷める気配がない」

「難しい理屈はわからんが、静っちが作った物の中でも一、二を争う程に重宝するのは事実だな」

長可が慶次からポットを預かると、厨房に向かってゆき追加の梅干しと沸かしたての湯を調達してきた。

そして縁側にどっかと座ると、空になった湯のみの底に種を抜いた梅干しを一つ放り込み、焼酎を注ぎながら箸で梅を解《ほぐ》す。

次いでポットから熱湯を注いでお湯割りに仕上げると、ちびりと口に含んで味を確かめた。

「くぅ〜！　清酒も旨かったが、この焼酎の梅干し割りを考えた奴は天才だな！」

「教えてくれたみつお殿に感謝せねばならんな」

「そうすると、みつおに飲み方を教えた御仁は既に焼酎を知っていたことになるな」

「焼酎は近頃新しく作られた酒だぞ？　尾張以外にこのような物があるとは思えんが……」

「まあ、旨ければ何でも良し！　さあ、飲むぞ！」

大量生産できれば画期的な変革を齎すであろう魔法瓶ポットは、静子邸で呑兵衛達に独占され続けるのであった。

紳士たちの釣り日誌

史実に於いて江戸時代に花開いたとされる魚釣りだが、ここ尾張では既に釣りが娯楽として定着していた。

その背景には食に対する高い関心に加え、仏家の影響力が薄れていることによる宗教的な殺生観が変化したことも要因だろう。

また養殖場を開発するにあたり、外洋の波を遮るために消波堤を設けたことによって伊勢湾《いせわん》内の波が穏やかとなり、幾つか養殖場兼釣り堀が開業するに至った。

それまでの釣りと言えば川釣りが主流であり、竹や木の竿に麻紐を結んで釘を加工した釣り針で行われて人気を博している。

逆に海釣りは高尚な趣味だと敬遠されており、その大きな理由は掛かる費用にあった。

川釣りであれば漁業組合に一定額を支払えば漁期の間好きなように釣りをすることができた。

しかし、海釣りとなれば養殖場兼釣り堀は海上に筏《いかだ》の形で浮いているため、漁船で乗り付ける手間が掛かるのだ。

そうなると庶民では気軽に払えるような額ではなくなる上に、釣果が振るわず坊主《ぼうず》（一匹も釣れていない人）ともなれば目を覆いたくもなる。

川と比べれば水深が深く、また掛かる魚も大きくなる傾向にあるため釣り道具にも金が掛かる。要するに暇と金を持ち合わせたお大尽《だいじん》（財産を多く持つ者）にのみ許される『高尚な趣味』と言われるようになった。

「……といった理由でいま一つ海釣りが流行らないのよね。陸から桟橋伝いに渡れるようにしないと駄目かな？」

そんな静子が珍しく漏らしている愚痴を耳にしながら、足満は己の釣り針に餌を付けた。

彼は久々の休暇をとっているのだが、これは中々休暇を取ろうとしない静子の為に家人達が一致団結して足満を巻き込み海釣りへ向かうことになったという経緯がある。

意外に思われるかも知れないが静子は元より釣り好きであり、女性にありがちな虫に対する嫌悪感も無いため現代にいたころから足満と連れ立って川で釣りを楽しんでいた。

そんな二人が折角の休みだからといっそ海釣りへと繰り出そうとしたのは然程不思議な事でもない。

折角船を用意させるのに二人きりというのも味気ないと思い、二人は釣り仲間を集った。

しかし、なにぶん急な思い付きであったため都合がつく人も少なく、みつおと五郎《ごろう》、四郎《しろう》の三人を含めた計五人で向かうこととなる。

静子としては貴重な体験ができると考え四六と器も誘いたかったのだが、生憎二人とも立ち上げた事業で忙しくしていたため都合がつかず諦める他なかった。

そしていざ海釣りへ出発しようとしたところへ信長がお忍びで来訪するという先触れが遣わされ、その応対をするために静子の休暇は返上となってしまう。

紅一点を欠いておっさんばかりとなった一向は伊勢湾内にある釣り堀へと渡り、六つある巨大な生け簀となった釣り堀に糸を垂らすのだった。

「海釣りは元手が掛かりますから、坊主ともなれば目も当てられませんね」

そう言いながら本日一番の釣果をあげているみつおが呟いた。みつおは手先が器用であるため、お手製の竿と浮きを持参しており、釣り針から魚を外す手際も見事なものだ。

釣り堀であるため絶対に魚がいることは保証されているのだが、それでも他三人と一線を画す勢いで釣り上げ続けるみつおに圧倒される。

釣果の数を競うならば足満が二番手に付けており、四郎と五郎は熾烈な最下位争いを繰り広げている。しかし、五郎は一匹だけとは言え一番の大物を釣りあげており、一概に最下位とも言い難い状況となっていた。

「もう少し流行っても良いと思いますが、なにぶんお金が掛かる趣味ですからね。船代に餌代、釣り道具を借りればその費用も加算されるので、おいそれとはいかないのも理解できるんですよねえ」

「海が荒れた時に備えた救命胴衣の着用義務も足枷であろう。嵩張る上に重いからな、原油も確保できたことだ、発砲スチロールも作らねばならんな」

海上に浮かぶ筏である以上、どうしても海釣りは波の影響を受けることから万が一に備えて救命胴衣の着用を静子が義務として定めた。

しかし、これが予想以上に不評であったのだ。高額な費用を負担できる富裕層には身分の高い者が多く、己の動きを制限される救命胴衣が窮屈に思えるという。

そう言っても静子の定めた規定に反することはできないため、海釣り自体を敬遠してしまうという負のループへと陥っていた。

「私にはわからない感覚ですねえ。まあ、衣服を着たまま海に落ちれば救命胴衣の有難みに気が付くのでしょうがね。そういえば足満さんは出掛けに静子さんから何やら注意を受けておられましたが、過去に何かあったんですか？　何やら船首でどうのと聞こえたんですが」

「……昔の話だ」

（なるほど、気に入った映画の真似をして船から落ちたんですね。恋愛映画を好まれるとは思えませんし、海賊映画の方でしょうかね？）

渋面を作った足満の態度に、おおよその事情を察したみつおは有名な海賊映画を思い浮かべる。

戦国時代に渡って以来の付き合いであるみつおは、それなりに長く付き合った足満の性格を知《ち》悉《しっ》しており、お気に入りの映画の真似をしたがる癖があることを理解していた。

みつおも心に少年を飼っているため、足満の行いが理解できてしまう。そこが女性である静子とは異なるところであろう。

「釣りに関する映画で危険なシーンってあったかな？　何にせよ、無茶はしないで下さいね」

「わしがいつ無茶をした。そもそも釣りに来たのだから、無茶などすることはない。断じてない」

「わかりました。わかりましたから……あっ！　引いていますよ」

みつおに指摘された足満は、竿受けに立てかけてあった竿を手に取って当たりを見る。

水面に浮かぶお手製の浮きがぐっと沈み込んだのを見計らって足満が竿を立てると、見事に魚が竿に掛かる。

現代のような合成樹脂製の糸ではなく、天蚕糸《てぐす》のラインが魚の必死の抵抗を足満の腕に伝えてきた。

竹製の竿は限界まで撓《しな》っており、掛かった魚が大物であることを告げている。

「タモを頼む！」

足満が竿を腰で支えながら、工房に無理を言って作らせた自慢のリールで糸を巻き取っている。

「わかりました。四郎さん、すみませんが竿をお願いします。同じタイミングで当たりが来ることは少ないでしょうが、竿ごと持っていかれれば流石に泣けますので」

「承知！」

サッパリ魚が食いつかない己の竿を引き上げると、竿受けに固定して四郎はみつおの竿を受け取った。

既にガラス繊維を作るところまで技術が進んでいるものの、そのガラス繊維を編み上げて剛性及び靭性を兼ね備えた釣竿を作るには至っていない。

それ故に四人ともが竹製の竿を用いているのだが、それぞれが竹竿づくりの名人が手掛けたものであり、それなりにお値段が張り込むのだ。

万が一にも水中へと引き込まれて回収不能となれば悔やんでも悔やみきれないだろう。

「おお！　これは大きいですね、よし！」

みつおはタモ網を器用に操って、魚が水面付近で暴れて針が外れてしまう前に魚を掬いあげた。

「慣れた手つきだな。熟練の腕前というわけか」

「ははは、営業をしていた頃はお客さんの趣味に付き合うことも多かったですからね。釣りにゴルフに酒にと、色々体験させて頂きましたのでそれなりにこなせるんですよ」

「おっさん！　折角の大物だし、すぐに締めちまおうぜ」

「おっさんではなくみつおです」

雑談しながらもみつおは暴れる魚を押さえ込むと、魚鉤《うおかぎ》と呼ばれる道具で脳天締めを行う。

魚の口が開いたのを確認したみつおは、鰓蓋《えらぶた》を開いて動脈を切断して海水を汲み置いた桶の中に浸け込んで血を洗い流す。

あらかた血液を出し切ったのを確認すると、次は尻尾の根元に包丁を入れて背骨を露出させ、そこに沿って走る神経へと針金を差し入れて神経締めを行った。

「みごとな手際だな。時間のある時に俺にも教えて貰えないか？」

みつおが魚を締め終わると、五郎がさっそく魚に包丁を入れて内臓を掻き出し、血腸《ちわた》（人間で言うところの腎臓にあたる魚の器官）に傷を付けて洗い流して下処理を終える。

抜き取った内臓は細かく刻み、持参の米ぬかと混ぜてテニスボール大の大きさに成型したコマセ餌を作ると、四郎が釣っていた生け簀に投げ込んでやる。

魚はアミノ酸に対して強い反応を示すため、魚の内臓を米ぬかで嵩増ししてゆっくりと溶かしてやれば海底付近の魚が浮上してくる可能性があるかもしれない。

こうして処理を終えた魚は竹の皮で包むと、木箱におが屑と氷を詰め込んだお手製のクーラーボックスにしまい込む。

「さてと、そろそろ俺も釣らないと大変だな」

「最下位になった人は釣った魚の料理担当ですからね、まあ、私は困りませんが」

「おっさんは断トツの一位だから気楽だよな！　俺はまだ一匹しか釣れてないんだよ……魚の処理を担当するから二匹分の持ち点を貰っているとは言え、それにしても釣れねえ！」

「おっさんではなくみつおです。釣りには冷静さが肝心ですよ、焦りが伝われば魚が逃げてしまいますからね」

「くっそー！　四郎さんは何匹釣ったんだ？」

五郎が焦慮に駆られて四郎に声を掛けると、彼の手には魚が沢山入った魚籠《びく》が握られている。

小振りな魚が多いながらも、数で言えば十匹を下回らないだろう釣果に五郎が声を上げた。

「卑怯だぞ四郎さん！　こっそり釣りあげてまとめて持ってくるなんて……」

「勝負事には駆け引きも大事なんですよ五郎さん。美味しいお料理を期待していますね」

元間者らしい台詞を口にする四郎は、勝利を確信した為か敢えて記入していなかった釣果表にまとめて成果を書き込んだ。

それまでの二匹から一気に十五匹となって『正』の文字が三つ並んだ記録に、ハンデを含めて三匹の釣果で『正』が一文字も完成していない五郎は顔色を悪くする。

「ぐぐ!!　日暮れまでにはまだ時間がある！」

口惜し気に己に発破を掛けるものの、その後五郎が釣果を上げることは無かった。

厳密に言えば何匹かは竿に掛かるものの、あまりにも小振り過ぎるためにリリースしており釣果には数えられなかったのだ。

その後に釣果が振るわなかったのは四郎も同じなのだが、夕まづめと呼ばれる日の入り付近に四十センチメートル近くもある白甘鯛を釣り上げたことが決定打となり、五郎の最下位が確定したのだった。

「チクショウ！　勝負をしようなんて持ち掛けなきゃ良かったぜ」

みつおや足満がそこそこ料理を嗜むことを知っていた五郎は、庖丁人の性《さが》か他人の料理の腕前を知りたくなって釣り勝負を持ち掛けた。

一位にはなれずとも最下位になることはないだろうと高をくくっていたのだが、蓋を開けてみれば見事な最下位となってしまった。

「貴様は釣ってやろうという殺気が漏れ過ぎている。敏い魚がそれに気付かぬはずが無かろう」

「くっ！　釣りたいと思う情熱を抑えきれなかったか……しかし、次は勝つ！」

「駄目だこいつ、全く成長していない……」

「五郎は失敗を繰り返して成長するタイプだからな。泥臭く失敗を積み重ねるしかないんだよ」

「仕方ない、五郎は痛い目を見ないと学習しないからな」

「本人を前に言うんじゃねぇ！」

四郎と足満の辛辣な寸評を受けて、五郎が憤慨するものの事実であるため否定できない。

全員でお手製のクーラーボックスを漁船に積み込み、一路港へと向かいつつ今回の釣りの反省会という名の雑談を交わす。

陸地へと帰りついた一行は、予約していた旅籠へと釣果を持ち込み、厨房を借りると五郎が料理を作り始める。

四人では食べきれない程の釣果であったため、旅籠の主人に厨房の使用料代わりと幾らか渡したのだが、それでも溢れかえる程の量がある。

途中まで五郎一人で料理をしていたのだが、結局手持無沙汰となった三人は自然と料理を手伝い始めた。

静子へのお土産とする魚は選り分けて、それ以外を各自が酒の肴となりそうな料理へと生まれ変わらせる。

小一時間もすると、宴席のテーブルが埋まるほどの料理が並んでいた。

「コホン、僭越《せんえつ》ながら優勝の私が音頭を取らせてもらいます。皆さまお疲れさまでした、料理を前に長話は無粋ですので、後は飲んで食べましょう！　乾杯！」

「かんぱーい」

みつおの音頭に全員が唱和すると、早速料理へと箸を伸ばす。

暦では冬に入ろうという季節だが、気温はそこまで下がっておらず秋が旬の魚も狙える予感があった。

ゆえに食卓に並ぶのは秋から冬に掛けて旬を迎える魚が多い。

その中でも熱した油を掛けて鱗を逆立たせ、鱗まで食べられるようにした白甘鯛の松笠揚げが人気を博していた。

これはみつおの手に拠るものだが、油でカラリと揚がった鱗が振りかけられた塩と相まってポテトチップスのような軽快な食感を奏でて実に旨いのだ。

五郎は鱗までも食べられる料理に内心舌を巻いていたのだが、そんなことはおくびにも出さず息巻いた。

「自分で釣った魚だと思うと味わいも一入《ひとしお》だぜ！」

「それが釣りの醍醐味ですよね。流石に低温熟成まではできませんが、神経締めをした上で冷やして持ち帰ればプリプリの食感を味わえますね。山葵《わさび》も新鮮で素晴らしい」

「静子様々ですな」

足満は仕事の関係で家を空けることが多いため断っているのだが、みつおや四郎、五郎の許へは定期的に様々な季節の食材が送られる。

四郎と五郎は庖丁人であるため、料理の研究に必要だろうという静子の配慮で届けられているのだ。

どうせ送るなら普段から何かと世話にもなっているみつおを外すのは如何なものかと考え、みつおの家庭へも同様に贈っている。

流石に料理人の二人と違い、調理に手間のかかるような食材を避けているのだが、静子の心づくしをみつおは有難く感じていた。

鶴姫《つるひめ》は何も言わないのだが、彼は自身の飲み代《しろ》が家計に響いているのではと危惧している。

実際のところ、彼の莫大な収入に比べれば微々たる金額なのだが、それでも一般的な成人男性よりも大酒飲みとの自覚があるみつおは気にしてしまう。

「私はお酒を贈って頂けるのが本当に有難いです。少々、いえ割と飲みますからね」

「お前の少々は、他人からすれば鯨飲《げいいん》だ」

「おっさんが一抱えもある樽を一人で空けちまった時には、本当に蟒蛇《うわばみ》じゃないかと思ったもんだ」

「わんこ蕎麦《そば》ならぬわんこ酒であったな」

「だから最近は控えているでしょう？　それに飲み放題を掲げていた居酒屋には軒並み出禁になりましたしね……」

みつおの言葉に三人は然もありなんと頷くしかない。みつおは一見すると大酒飲みに見えないのだが、常に一定のペースで長時間飲み続けられる強靱な肝臓の持ち主であった。

飲んだはしから分解しているんじゃないかと思われる程のアルコール分解能力を発揮し、みつおが宿酔《ふつかよ》いになった姿を誰も見たことが無い。

彼に付き合って全員が酔いつぶれた挙句に宿酔いに苦しんでいるのを、みつお一人だけケロッとした様子で介抱する始末だ。

彼の酒を飲む手が止まるのは概ねお腹が膨れた時であり、それまで延々と酒をお代わりし続けるため飲み放題を売り物とした居酒屋では危険人物とされている。

いくら飲み放題とは言っても、店側だって商売である以上は赤字を出すわけにはいかないのだ。

「出禁になるのが嫌なら、少しは酒量を控えるんだな」

「そうは思っているのですが、なにぶん尾張はお酒が美味しくてですね」

「駄目だこれは。そのうち飲み屋街一帯を出禁になる勢いだぞ」

「こればっかりは自業自得です。だからたまに贈られてくるお酒を楽しみにしています」

「かー、人生を堪能しているねぇおっさんは」

「おっさんではなくみつおです。そういえば忘れない内に、お土産を整理しておきましょう。忘れたら妻に怒られてしまいますし」

当初は釣りを終えたら帰宅予定だったのだが、鶴姫が偶には男同士の付き合いも必要でしょうと泊まりの許可が下りた。

ゆえにこそ釣りで得られた魚をしっかりと持ち帰るのが、夫の務めであると彼は考える。

それを酔った勢いで怠っては目も当てられないため、酔いつぶれて人手が不足する前に整理しておこうと言い出したのだ。

「相変わらずの愛妻家振りには恐れ入る。おっさんの惚気話はうんざりだが、おっさんを見ていると所帯を持つことに憧れるよなあ」

「無理だな」

「来世に期待しろ」

「良い出会いがあることを祈っていますよ」

「即座に否定するなよ！　お前らは本当に容赦ないな！」

「いや、お前が所帯を持つとか無理だろう。寝ても覚めても料理の事しか考えてない奴が家庭を持っても家族が不幸になるだけだ」

「そこはほら、料理屋の娘さんとか？　庖丁人を見て育った娘さんなら期待が持てないかな？」

「……普通の料理人は家庭を顧みないほど料理にのめり込まぬからな」

「自覚があるから言い訳できねえ……畜生！　結納を目前に控えていながら破談になるなんて思わないだろ？」

「駆け落ちなんてする奴と所帯を持たずに済んで良かったと思え。家族や周囲の人々の迷惑を省みず、好いた男の許へと走る奴は己だけが可愛い証拠よ」

五郎にも縁談の話は何度も持ち上がっていた。彼自身が腕利きの庖丁人であり、雇い主は時の人である領主様こと静子である。

庶民とは比較にすらならない程に稼いでおり、まだまだ将来性があるハイスペックな男なのだ。

料理にかまけて他の事を疎かにするきらいこそあれ、高貴な人々と接することも多く人品卑《いや》しからぬことから是非婿にと望まれることすらあった。

しかし、彼の一回目の縁談は妻側の親族が不正を働いたが為に没落してしまい、縁談どころではなくなってしまい立ち消えとなる。

続く二回目の縁談は結納の直前まで話が進んだのだが、まさかの新婦が駆け落ちしてしまい御破算となってしまった。

没落については致し方ない部分もあったのだが、駆け落ちについては仲介した人物の面子までもが丸潰れとなって予想以上の大事へと発展する。

結局、事態が大きくなりすぎて静子が間に入ってとりなす事で沈静化したという経緯があった。

それでも立て続けに二回も縁談に失敗した男として、相手側から五郎側に問題があるのではと疑念を抱かれるようになり引き合いが絶えてしまったのだ。

「次の縁談まで失敗したら、今度こそ心が折れそう……」

「今度もダメに一票」

「私も」

「わしも振られる方だ。これでは賭けにならぬな」

「お前ら!!」

三人揃って頷く姿に五郎は絶叫した。

天正六年　織田政権

千五百七十九年　一月下旬

東国を概ね手中に収めた織田領の正月は、終始和やかなムードが漂っていた。

信長の掲げた『天下布武』がいよいよ現実味を帯びてきたためか、主君たる信長へ挨拶に参ずる諸将たちの表情も明るい。

静子はと言えば、東国管領という役職を得たため真っ先に信長と信忠へ挨拶を済ませ、今度は挨拶をされる側へと回ることになった。

安土から遠く離れた尾張へと赴く諸将たちは、その異様さに驚くこととなる。

信長の居城たる安土城もそうなのだが、いくさを前提とした城塞として設計されておらず、攻め込まれたらどうするのかと歴戦の諸将は危ぶまざるを得ない。

これに対する回答は信長も静子も同様であり、そもそも本拠地まで攻め込まれた時点で負けが確定しているため、そこで粘るための城砦を作るよりも所領を豊かにする経済へと投資した方が良いというものだ。

尾張に関して言えば那古野《なごや》城が存在し、その城下町の中心に静子邸が存在している。とはいえ城としての機能は利用されておらず、城主は静子ということになっているが、現実的には巨大な倉庫として利用されているに過ぎない。

今までは静子に挨拶をしようと思えば、安土へと正月の挨拶に赴いた静子が滞在する現地の屋敷を訪ねるのが通例であった。

しかし、静子が東国管領となったため彼女の本国へと挨拶に赴く必要に迫られ、皆が尾張へと挨拶へ来ることになっている。

諸将は当然の流れとして那古野城での謁見があると考えたのだが、案内されたのは平屋の武家屋敷であり、防衛設備もへったくれも無いことに驚かされる。

実は信長の構想によって当初から街全体が木壁と堀で囲まれた要塞のようになっているため、諸将が抱く印象ほど無防備ではない。

それでも舗装された広い道が縦横に走り、活気に溢れた城下町及びその領民の豊かさを見ると、こここそが東国経済の中心地なのだと理解せざるを得ない。

こうして諸将たちに奇妙な感慨を抱かせて正月の恒例行事は終わりを告げるのだった。

静子が正月気分を満喫している頃、西国では切羽詰まった国人たちが頭を悩ませていた。

中でも上月城の落城を知らされた宇喜多直家《うきたなおいえ》は、明日は我が身と震えあがってしまう。

上月城で敗北を喫した浦上宗景とは袂《たもと》を分かちてはいるものの、西国征伐中の羽柴軍に対して降伏を申し入れていない以上は敵対勢力と見做《みな》される。

自分は策謀を以て乱世を生き抜いてきたと自負している直家であっても、堅牢な城壁さえ障子紙のように破って見せる大砲という物には恐怖せざるを得ない。

しかも今までの行状ゆえか、毛利家から裏切る可能性が高いと監視が付けられており、秘密裡に羽柴軍へ下ることすら難しい。

とは言え、このまま毛利についていても生き残れる可能性が低いと己の勘が告げていた。

(ことがここに至らば、浦上の首を手土産に織田方へと寝返るのも一興か……)

宿敵たる直家が降伏を模索している中、上月城で大敗を喫した浦上宗景は備前国の天神山城まで撤退し、明智軍への対抗策を考えていた。

事前に情報を得ていて理解したつもりになっていた大砲と、実際に己の目と耳、体を通して感じた大砲との乖離《かいり》は凄まじかった。

直撃すれば地形をも変えてしまう馬鹿みたいな威力はもとより、高台から見下ろしても尚見えないような長距離から一方的に攻撃されるというのは悪夢でしかない。

一軍が生活できる場所と言えば城しかないいため籠ってはいるものの、明智軍が本格的に動き出せばこんな城とて長くもたないであろうことは明白だった。

それでも実際に砲弾が降りしきる中を逃亡した経験が、宗景に大砲攻略の糸口を掴ませていた。

「なるほど大砲とは恐ろしい武器だ。しかし、弱点が無いわけでもない。斜面や建造物に対しては凄まじい威力を発揮する一方、恐らく真正面及び正面より下に向けては弾を発射できまい」

（更に言えば地面に着弾した砲弾は、その威力を著しく落としていた。ならば地面に空堀を掘って兵を伏せさせ、低い位置から攻撃すれば大砲を攻略できるやもしれぬ……）

宗景の発想は的を射ていた。実際に史実に於ける第一次及び第二次世界大戦では大砲の砲弾が飛び交う中、塹壕《ざんごう》と呼ばれる堀のような溝で身を守りながら戦闘が行われていたのだ。

備前国で戦うならば地の利は宗景側にあり、大砲を擁した軍勢が通れる経路に兵を伏せておくことも容易なのだ。

またある程度の軍勢が向かい合って戦闘できる場所となれば限られており、そこに予め幾つも堀を構築しておけば籠城するよりは余程勝ち目があるのでは無いかと思い至る。

宗景は早速配下に対して国境への罠の敷設及び、土塁で補強した空堀の構築を命じた。

日ノ本初、いや世界初の塹壕戦が果たして功を奏するのか否かは神のみぞ知るところだろう。

一月も下旬に差し掛かろうという頃、静子は越後に派遣した農業士から齎された報告書を読んでいた。

当初の見込みでは米の収穫量が従来のものに比べて少なくとも三倍にはなろうと思われていたのだが、実際に現地にて作業を行ってみると尾張と比べて随分気温・水温が低いことが判明する。

尾張より持ち込んだ苗を作付けした場合、十分な成長が見込めないことから最終的には従来の倍程度までに落ち込むだろうと括られていた。

他方の三河及び遠江《とおとうみ》では環境が尾張と大差ないことから、従来の倍程度の収量が見込めるとの報告となっている。

何故三河と遠江では当初より倍の収量見積もりとなっていたかと言えば、目で見ただけでわかるような技術改革は既に徳川領に於いても推進されていたためである。

特に即効性があって効果が高い『正条植え』については、本多忠勝《ほんだただかつ》が静子の村に迷い込んだ折から徐々に導入されており、徳川領に於いては既に常識となっていたのだ。

これに加えて種籾の選別や、苗まで育成させた上で配布する方式、暗渠《あんきょ》排水の導入や先進的な農機具の貸与によって収穫が倍増すると見込まれている。

越後に関しては米の品種改良なども考慮に入れた長期間に及ぶ取り組みが必要となることから、派遣した農業士の何割かは現地に骨を埋める覚悟だと書かれていた。

同様の報告を受けている謙信にとっては、倍ともなれば望外の喜びなのだが農業士たちは満足していない様子だった。

若い農業士たちは越後に根を下ろし、こちらで所帯を持って農業改革に取り組みたいと要望を寄せており、早速便宜を図るよう配下に命じている。

謙信及び越後の人々の目論みとしては、まずは腹を満たす米を確保できれば次は酒である。尾張で生活して越後に戻った人々がことある毎に口にする尾張の清酒、それを越後で作れるようにしたいという熱い思いが本来排他的な越後人を協力的にしていた。

なお三河では米の作付けが順調であるため、計画を前倒しして生活水準を底上げする大豆の生産にも取り掛かることとなる。

一年目は米優先であり、大豆に関してはあくまでも実地検証ではあるが、本格的な栽培を視野に入れての調査が行われることとなった。

「やはり越後の環境は厳しいようですね。農業士は大地に対して長期的な戦いを挑むことを生業《なりわい》とするから少々の事では音を上げない。それにも拘わらず増員を求めるというのは、大規模な工事なり調査なりをしないと解決しない問題が持ち上がったんだろうね」

報告書には肝心の問題についての記載がない。恐らく肌感覚では問題を理解しているのだろうが、それを言語化することができないのだろう。

静子としても増員に否やは無いのだが、その人選については考えたいことがあった。

農業は生活に直結している産業であるため、その振興を進めるにあたってどうしても租税問題を避けて通れない。

適正な税を課す為には農地の測量も必要となる上、それを検地台帳として文書にする必要がある。

それをするには過去分の徴税記録を検め、実際の収穫量と突き合わせて信用に足る文書へと修正する作業が必要だ。

これは様々な利権が絡む上に、過去の不正を暴かれたくない者による妨害も予想されるため、謙信の協力を得られる今こそ大鉈《おおなた》を振るうべきだと静子は考える。

「そうなると次回の追加派遣時には測量技師や文官及び兵員も送り込まないといけないね」

同盟国とは言え他国に兵士を送り込まれることを良しとする国人はいないだろう。

謙信と密に連絡を取り合って慎重にことを進めないと、あらぬ疑いを掛けられる隙を見せることにもなりかねない。

これだけでは越後にとって厳しい施策と受け取られるため、わかり易い飴も用意することにした。

それはこの追加要員に酒造り職人である杜氏と蔵人を含めることだ。

杜氏とは酒造り全体を管理する長であり、彼の指示に従って実作業を担当するのが蔵人である。

越後の呑兵衛達が憧れてやまない清酒造りのプロフェッショナルであり、越後に於ける清酒造りが許された証でもあった。

静子としては清酒を尾張で独占するつもりなど無いのだが、日ノ本一の呼び名も高く権威を得てしまった以上、政治的に利用されるのも止むを得ない。

信長にとっても清酒を独占することで得られる利益と、己の狭量さを天秤に掛けるようで忸怩たる思いだったのだが、ここは思い切って同盟国での清酒造りを解禁したという経緯があった。

そんな信長の葛藤を知らない静子は、早速越後の名水調査に思いを馳せていた。

日本酒は米を主原料とするが、水も非常に重要な原料だと言える。

米を洗ったり浸したり、仕込みの時にも水が使われるなど酒造りに於いて水は多く使用されるため、当然ながら酒の善し悪しにも大きな影響を与える。

『名水あるところに名酒あり』と言われる程に酒造りに欠かせないのが水なのだ。

それゆえ、日本酒の酒蔵は名水が得られる地域に集中していることが多い。

中でも兵庫は灘《なだ》の宮水《みやみず》、京都は伏見《ふしみ》の伏水《ふしみず》は酒造に適した名水として有名だ。

なお、どちらの地域にも尾張から派遣された職人たちが現地で酒造に従事していることは言うまでもない。

「でも、今は時期が悪いんだよね。今の時期は何処の酒蔵も人手が足りないだろうし……」

冷暖房設備が望めない戦国時代に於いて、冬は雑菌の繁殖を抑え酵母による発酵を促進する適温を管理し易い。

温度を下げることは難しいが、燃料さえあれば温度を上げることは容易《たやす》いからだ。

こうしたことから冬は酒の仕込みが最も活気づく時期であり、この時期の職人たちはそれこそ猫の手も借りたい程に忙しい。

またこの時期の仕込み具合によって最終的に得られる酒の味が左右されるため、職人たちに越後行きを打診し辛い時期であった。

静子の立場は多くの酒蔵を抱える蔵元（酒蔵のオーナー）であり、職人たちにとって己の禄《ろく》（給料）を与えてくれる存在であるため彼女の希望を断ることが難しい。

しかし、静子としては本人の気持ちを無視して強制的に移住させるという暴挙は避けたい。

とはいえ今の時期の職人たちに余計な負担を掛けたくない静子は悩んだ末に妙案を思いついた。

それは掲示物による募集、いわゆる張り紙という奴であった。

尾張領民の識字率の高さもあって、飯処《めしどころ》などに張り出された越後への酒造職人募集の張り紙は多くの耳目を集めることとなる。

いずれ自分の酒蔵を持ちたいと野望を抱く、若き職人たちが飛躍を夢見て新天地へと向かう日はそう遠くないだろう。


喫緊《きっきん》の懸案を片付け終えた静子は、腰を据えて取り掛からねばならない報告書を取り出す。

それは外洋航行への足掛かりとして目を付けていた青ヶ島に関する報告書であった。

数回に亘る航行の結果、数隻で船団を組めば問題なく青ヶ島へと到着できるようにはなったのだが、青ヶ島には中継地とするには致命的な問題があるようだ。

報告書によれば島の外周をじっくりと調査した結果、外洋航行できるような喫水線の深い船舶が接岸できるような場所がなく、また波が荒いため停泊していることも難しい。

積載していた数人乗りの小舟に乗り換えて、島へと上陸自体はできたものの海岸線に切り立った崖が多く、沿岸部に物資集積所を作ることすら困難というものだった。

「地図帳だけからじゃ読めない情報もあるよねえ……まさか、ここまでの難所だとは思わなかった」

静子と信長が青ヶ島を中継地として選んだ理由として、恐らくこの時点では誰も入植していない無人島であり、地図帳を見る限りは港湾も整備された良立地に思えたからだ。

しかし、現地を訪れた水夫達の見立てではおよそ港など望めない難所だと思われる。

実際に島へと上陸した技師たちが沿岸部および、高所から見下ろす形で島の写真を撮影してきたのだが、明らかに中心地が窪んだすり鉢状のカルデラ地形だった。

凪いだ水面に落とした水滴が作り上げる王冠のような地形と言えばわかり易いだろうか？

つまりは周囲全てを山に囲まれた盆地であるため天然の水がめとしては機能するのだろうが、何をするにも外界を隔てる山が邪魔になる。

無人島となるにはそれなりの理由があるのだということを思い知ると同時に、こんな過酷な土地にさえ入植して港を作った先人の努力に頭が下がる思いだ。

中継基地の第一弾からこれほど高難度の島に挑むのは無謀であり、静子は計画の見直しを余儀なくされる。

「となれば付近で補給が可能な中継基地の候補は……八丈島《はちじょうじま》かな。あそこは北条《ほうじょう》氏の領地で島民も多いから、織田方とは確執が生まれそうで候補から外した経緯があるんだよねえ……」

そうは言っても背に腹は代えられぬと思い至った静子は、早速報告書の要諦を纏めて計画変更の上申書作成に取り掛かった。

八丈島は青ヶ島と比べると約60キロメートル本土よりに位置し、室町時代には代官が派遣されて統治が始まったようだ。

こんな離島にまで統治の手が伸びた原因の一つが特産品の『黄八丈《きはちじょう》』と呼ばれる絹織物にあった。

当時としては珍しい鮮やかな黄色が珍重され、時には統治をめぐって権力争いすらあった程である。

日本三大紬《つむぎ》の一つに数えられ、島内に自生している植物による草木染で黄色、樺《かば》色、黒色を基調とした鮮やかな発色が特徴だ。

現時点では領主が決まっていない為、便宜的に東国管領である静子の直轄地という扱いになっている。

「本土と島とを定期就航便で結べば利便性も上がるし、外界との交流も増えて島民の生活水準も向上するかな？　逆に外部からの干渉を嫌う気質だったりしたらどうしよう……」

とにもかくにも一度現地へ船団を派遣しないことには何も始まらないと腹を括った静子は、信長に対する文を認めるのであった。

巻末ＳＳ　公共投資

信長は上京時の宿所として、静子の京屋敷を利用することが多い。

史実に於ける信長の宿所と言えば本能寺だと思われているかもしれないが、実際には妙覚寺《みようかくじ》を利用しており、本能寺を利用することは稀であった。

信長が静子の京屋敷を定宿としている一番の理由は、他とは一線を画す快適性にあるのだが、それ以外にもセキュリティの高さも評価されている。

静子邸は警ら隊発足当初の活動拠点となっていた名残から、京治安維持警ら隊という朝廷配下の正式機関となった今でも静子の京屋敷に立ち寄り所が設けられていた。

静子自身も彼らの立ち寄りを歓迎しており、簡易休憩所を作ってお茶とお菓子なども提供している。そのお陰もあって、静子の京屋敷近辺に於ける取り締まりは非常に厳しく軽犯罪すら赦されない。

こうして静子の京屋敷を中心とした定期巡回ルートが構築されており、現代で言うところの

『割れ窓理論』を意識した道普請や街灯整備などを推し進めることにより、上京の犯罪発生率は平安京遷都以来の低水準を維持している。

この成果を元に下京《しもぎょう》に対しても同様の対応を取る予定だが、現在の予算及び人員規模では上京で手一杯となっており、下京に関しては徐々に拡充していくという方針を取っていた。

それでもかつてない規模で下京の再開発が進められている。

「上京及び下京の道路整備、また街路灯としてガス灯の配管を地下に通すため土木・建築業は大忙しです」

静子は次々と寄せられてくる報告書に目を通し笑みを浮かべた。京の再開発には日ノ本各地より土木・建築関係者が集い、土木技術の普及が図られる。

これに伴って人夫の需要が高まり数多くの浪人（他国を流浪する者）や牢人（主家を失った武士）が京へと流入していた。

彼らは京治安維持警ら隊監視の下、それぞれの工事現場へ割り振られて仕事に従事する。

特に開発規模の大きい下京では、彼らのような期間労働者を対象とした飯場が準備されており、浮浪者が集まってスラム化するのを防いでいた。

要するに根無し草である彼らに職と住居及び賃金を与えることで生活を安定させ、その日暮らしの世捨て人から社会を担う一員として復帰して貰う狙いがある。

「わしに恨みを抱く者も多かっただろうに、今や京に定住する夢を掲げて労働しているとはな」

静子の言葉に信長は満足げな笑みを浮かべて茶を呷《あお》った。

牢人たちの中には信長の手によって、仕えるべき主を喪った者が相当数含まれる。そんな彼らも今や未来への希望を胸に、毎日勤労の汗を流しているのだ。

「『倉廩《そうりん》実《み》ちて礼節を知る』と言いますし、毎日が充実すれば恨みも薄れましょう」

人というのは忘れる生き物だ。衣食住に不足がなく明日に対する希望が抱ける状況にあるならば、今を生きることに掛かり切りとなって過去に対する負の感情は薄らいでしまう。

何故ならば恨みや憎しみを抱えて生きることは苦しいからだ。

故事成語に『臥薪嘗胆《がしんしょうたん》』というものがあるが、そんな苛酷な環境に耐えて復讐を成し遂げられるのはごく一部の限られた人のみだろう。

日々の食に事欠かず、雨風を凌げる住居があり、他人と比べて恥ずかしくない程度の衣服を得られるならば復讐しようという気持ちは折れてしまう。

それでも燻《くすぶ》る恨みも、安穏とした生活という時薬がやがて癒してくれるのだ。

「それにしても大胆な開発だな。元より京は守りに適さぬ土地だというのに、ここまで交通網を整備しようとは……」

「上様がおられる安土城と同じ方針ですよ」

信長が感心したように漏らした言葉に、静子は言葉を返す。恐らく信長は静子の狙いを読んだ上で発言をしているのだろうが、些細な事でも意識のすり合わせをしたくなる静子としては答えてしまう。

「ほう！　やはり敢えて守りを捨てているという訳か」

「一つには経済の活性化を図る狙いがあります。人・もの・金を効率的に動かすには、雨が降った程度で泥濘《でいねい》化するような道では不十分。これは軍事に於いても同じことが言えます。迅速な物流は軍事・経済を問わず必須の要件です」

「なるほど、道なき道を踏破して兵を徒に疲弊させる愚を避けたくなるのは道理よな」

「そうなれば敵の侵攻は容易に察知できますし、進軍経路も限定できます」

「整備された街道を敢えて避けて進むには日数が余計に掛かり、それに伴って消費する物資も膨れ上がる。それを嫌って最短経路を辿れば、否が応でも人目につくということか」

「交通網整備の副次的な効果ですが、敵の攻撃をいち早く察知して対策を練るというのはこちらの選択肢を増やすという意味で重要です。形勢が不利ならば、京を捨てて逃げれば問題ありません」

「京を捨てるのか!?」

信長が語気を荒らげて険しい表情を浮かべる。余人ならば信長の勘気を蒙《こうむ》ったかと震えあがるところだが、静子は信長が己に無い発想に触れて深く思考の海へと没したことを察する。

この場合は余計な口を挟まず、彼の思考が一段落するのを待つのが上策と知っている静子は茶碗を傾け喉を潤した。

やがて信長の目が開き、表情が若干和らいだのを確認して静子が言葉を紡ぐ。

「捨てます。そうすれば敵は我らに勝利したと喜び、我が物顔で京を占拠することでしょう。程なく絶望が押し寄せるとも知らずに」

「絶望とは大層なことを申すな」

「それ以外に状況を表す言葉がありませぬ。先ほど上様が仰ったように京は守りに適さぬ土地ですから」

「なるほど、今度は守る立場となった敵方が苦労するという訳か」

京の内部及び、京の外へと繋がる大きな街道が整備されれば外敵の侵入を容易にもするが、京を占拠しようとした途端に敵にとっての急所にもなってしまう。

敵としても京の経済力を狙っている以上、京を戦場にしたくないため打って出ざるを得なくなり、侵入経路が多いことから兵も分散させざるを得ないという窮地に陥ってしまう。

「京の民たちも突然現れた侵略者に対して好意的に接すると思いますか？　己の安寧を脅かし、富を搾取する者が歓迎される道理がありません」

「京を取る為に費やした戦費を回収せんと思えば、内に火種を抱えたままで反撃に耐えねばならぬのか」

「上様ならば、私程度の考えなどお見通しでしょう。わざわざ答え合わせをするために、私から説明するよう促されましたね？」

「さて、どうであろうな」

とぼけながら茶請けに出された菓子を頬張る信長だが、静子の指摘通り彼は静子の狙いを殆ど把握していた。

静子があっさりと京を捨てると言ってのけたのには驚いたが、それ以外については信長の想像の域を出てはいなかった。

信長は己が京を立て直したという自負があるため、京を捨てるという発想が容易には出てこない。

しかし、静子は必要ならば手塩に掛けて育てた都市であろうともあっさりと損切りできてしまう。

一時的に京を奪われようとも、直ぐに奪還できるだけの準備を整えており、またその間に京が受けるであろう被害も立て直せるという目算があるのだ。

更には京という土地が持つ特異性が後押しする。

京は織田家の勢力圏に存在するが、決して織田家の領地ではあり得ない。京は帝の支配地であり、信長はその治安維持を委託されているに過ぎないのだ。

敵前逃亡を咎められることこそありはすれ、京を戦火に晒さぬための一時撤退だと言えば大義名分として成り立ってしまう。

そうした狙いもあって推し進めている街道整備に、信長及び静子は身銭を切って投資している。

こうしておけば朝廷に恩を売りつつ京の経済を活発にすることができ、己の懐を潤わせつつインフラを握るという生殺与奪の権利をも得られる。

「表向きは経済の活性化を謳い、裏では朝廷に恩を売りつつ自由を奪い、有事とあらば京を囮にすることすら躊躇《ためら》わぬとは……わしには到底無理な所業よの」

「私を悪者のように言わないで下さい。ちゃんと再開発はしているのですから、有事にならなければ誰も損をしません」

「これでも褒めているのだがな。付近一帯の余剰人員を根こそぎ奪ったのだから、そもそも敵が兵を募ることすら難しいであろう。西国から京へと攻め上れる道がどれ程残っていることか」

「無駄な争いが起こらないに越したことはありません。それでも兵を集めるのならば思い知らせるだけです」

「おお、恐ろしい」

静子の言葉に信長はおどけた口調で揶揄《からか》うのであった。

あとがき

アース・スターノベル読者の皆様、夾竹桃と申します。

拙作もついに17巻を数え、いよいよ20巻の大台が近づいてきたことを意識しております。

遅筆な筆者が何とか連載を続けさせて頂けるのは、皆様のお引き立てあってのことと深く御礼申し上げます。


兼業作家の哀しさと申しますか、本業の方が余りにも多忙を極めておりまして執筆活動に割ける時間が減っております。

元々遅筆な筆者としましては、少しでも暇を見つけては執筆にとりかかれるようにしているのですが、なかなか捗りません。

筆者はシステムエンジニアを本業としておりまして、年単位で開発を続けてきたプロジェクトがいよいよ終了しようという段階を迎えています。

しかし、ここに来てお客様の偉い方が全てを根底から覆す一言を発され、突如として暗礁に乗り上げてしまった状態です。

今更何を言っているんだと言えないのが大人の哀しいところであり、何とか要望を取り入れつつ折衷案を模索する日々が続いております。

近頃はリモートワークも活用して、通勤時間すらも惜しむような所謂《いわゆる》デスマーチで毎日パソコンに向かっていました。


こうした無理が祟ったのか体調を崩してしまい、病院でお医者様に診て貰ったところ運動不足が諸悪の根源だとご指摘頂きました。

運動習慣の無いインドア人間が急に出来る運動など知れておりまして、まずは無難なウォーキングを始めることにしました。

とは言え目標が無いと三日坊主になるのが目に見えておりますので、昨今流行のウォーキングアプリを導入しております。

最初は懐疑的だったのですが、流石は専門家が開発されたモノだけに使ってみると実に楽しんで運動できています。

ゲーム性が高い方が筆者には合っているかと思い、某モンスターを狩るアプリをコツコツやり込んでいます。

昔携帯ゲーム機で熱中していたゲームがこんな進化を遂げるとは思っておらず、郷愁も相まって毎日運動に取り組んでいます。

とは言えアプリに夢中になって歩きスマホをするようでは本末転倒なので、気を付けながら楽しんでおります。


健康と言えば定期健診もお勧めです。先日、歯の定期健診にて初期の虫歯が見つかりました。早期発見であったため治療に時間を要さなかったのですが、これが傷みなどの自覚症状が出るまでに進行すると複数回の治療を必要とするらしいのです。

食べ道楽が趣味の筆者としては、歯を失うことは死活問題ですので今後も早期発見・早期治療で歯の健康を維持したいと思います。

因みに筆者は定期的に整体にも通っております。これは職業病と申しますか、椅子に座ってパソコンに向かうことが多いことから腰と肩に疲労が蓄積するのです。

そして唐突に痛みを訴え始め、その頃には前述のように治療に大変な労力を要するようになっています。

特に腰は体の根幹であり、何をするにも傷みを覚えて動くこと自体が億劫になってしまって運動不足になり、更に病状が悪化するという悪循環です。

老婆心ながら皆様も若いうちに体をおいといくださいませ。健康の価値は失って初めて判るのです（苦笑）。

話は変わって『物を大切にしましょう』という言葉がございます。実に尤《もっと》もだと思うのですが、家電に関して言えば少し筆者は懐疑的に思います。

物持ちが良いのは実に素晴らしいのですが、生活家電のような耐久消費財に関しては製品寿命よりも性能の向上によって別物へと進化する方が早いように感じます。

筆者が特に痛感したのが洗濯機です。一人暮らしをしておりますと、この洗濯をして洗い終わりを待って干して畳むという時間がなかなか取れないことがあります。

それは天候によるものであったり、時間的制限によるものであったりするのですが、ともあれ生活のネックとなっていました。

そこで購入したのが斜めドラム式洗濯乾燥機です。毎日の運動で出かけるのに合わせてスイッチを入れて置けば、帰ってくる頃には乾燥まで済ませてくれている優れもの。

衣類の寿命を縮めるとの批評もあるようですが、筆者にとって欠かすことの出来ない家電となっています。

そうこうしている間にも紙幅が尽きて参りました。最後に本編の内容について軽く触れておきたいと思います。

東国征伐が終わりを迎え、いよいよ天下統一が現実的になってきております。

とはいえ我らが戦闘民族日本人がむざむざと手を拱《こまね》いている筈がありません。周囲から隔絶した島国で数百年にも及ぶ戦争を生き延びた末裔が、圧倒的な技術格差にどのように立ち向かうかご期待ください。

いよいよ文末となりました。最後まで筆者の駄文にお付き合い頂きありがとうございます。本書の出版にご尽力頂きました担当編集T様、イラストレーターの平沢下戸様、校正や印刷所など本書の出版にかかわってくださった方々、そして本書をお手に取ってくださった貴方に感謝を。

２０２４年３月　夾竹桃　拝

そもそもバニーガールなんで
出て来ねえ!って?
…ごもっとも…。
単に趣味でした。
彩ちゃんメンゴ…。

静子はディーラーとか
出来そうですよね…
でも、自分で
コスプレするのは
嫌がりそう
かも？

戦国小町苦労譚
転生した大聖女は、
聖女であることをひた隠す
領民0人スタートの
辺境領主様
ヘルモード
～やり込み好きのゲーマーは
廃設定の異世界で無双する～
二度転生した少年は
Sランク冒険者として平穏に過ごす
～前世が賢者で英雄だったボクは
来世では地味に生きる～
俺は全てを【パリイ】する
～逆勘違いの世界最強は
冒険者になりたい～
反逆のソウルイーター
～弱者は不要といわれて
剣聖（父）に追放されました～
毎月15日刊行!!
最新情報は
こちら

無職の英雄
別にスキルなんか要らなかったんだが
もふもふとむくむくと異世界漂流生活
冒険者になりたいと都に出て行った娘がSランクになってた
メイドなら当然です。
濡れ衣を着せられた万能メイドさんは旅に出ることにしました
万魔の主の魔物図鑑
―最高の仲間モンスターと異世界探索―
生まれた直後に捨てられたけど、前世が大賢者だったので余裕で生きてます
偽典・演義
～とある策士の三國志～
ようこそ、異世界へ!!
EARTH STAR NOVEL
アース・スターノベル

才能がないと言われ、
磨き上げた最底辺スキルの
防御技【パリイ】で
無自覚最強は
危機に陥った王国を救えるか!?

EARTH STAR NOVEL
もふもふとむくむくと異世界漂流生活
Shimaneko しまねこ
Illust. れんた
犬の散歩中で事故にあい、気が付くとRPGっぽい異世界にいた元サラリーマンのケン。リスもどきの創造主に魔獣使いの能力を与えられ、「君が来てくれたおかげでこの世界は救われた」なんていきなり訳のわからない話に戸惑っていたら、「ご主人!ご主人!ご主人!」となぜか飼っていた犬のマックスと猫のニニが巨大になって迫ってきてるし、しかもしゃべってるし、一体どうしてこうなった!?ちょっぴり抜けている創造主や愉快な仲間たちとの異世界スローライフがはじまる!
シリーズ好評発売中!
1巻特集ページはこちら!

みんなと仲良くピクニック！
KEN
ああ、このもふもふでむくむくな
幸せパラダイス空間、
もう最高かよ…！
心ゆくまで
もふもふの海を堪能！

EARTH STAR NOVEL

戦国小町苦労譚　十七、西国進出とこぼれ話

発行 ―――――――――― 2024年3月15日　初版第1刷発行

著者 ―――――――――― 夾竹桃

イラストレーター ―――― 平沢下戸

装丁デザイン ――――― 鈴木大輔（SOUL DESIGN）

発行者 ―――――――― 幕内和博

編集 ――――――――― 筒井さやか

発行所 ―――――――― 株式会社アース・スター エンターテイメント
〒141-0021　東京都品川区上大崎3-1-1
目黒セントラルスクエア　7F
TEL：03-5561-7630
FAX：03-5561-7632

印刷・製本 ――――――― 図書印刷株式会社

ISBN 978-4-8030-1927-8